回来跟他说句生日快乐

就是天大的总事

佟年许

一个米饼

YiGe
MiBing

著

心似耀言

长江出版社
CHANGJIANG PRESS

图书在版编目（ＣＩＰ）数据

心似耀言／一个米饼著 . 一 武汉：长江出版社，
2022.9
ISBN 978-7-5492-8395-8

Ⅰ . ①心… Ⅱ . ①一… Ⅲ . ①长篇小说—中国—当代
Ⅳ . ① I247.5

中国版本图书馆 CIP 数据核字（2022）第 107671 号

心似耀言　一个米饼　著

XIN SI YAO YAN

出　　版	长江出版社	
	（武汉市解放大道 1863 号）	
选题策划	阿　朱　靳　丽	
市场发行	长江出版社发行部	
网　　址	http://www.cjpress.com.cn	
责任编辑	陈　辉	
封面设计	米　亚	
印　　刷	长沙鸿发印务实业有限公司	
版　　次	2022 年 9 月第 1 版	
印　　次	2022 年 9 月第 1 次印刷	
开　　本	880mm×1230mm　1/32	
印　　张	9	
字　　数	200 千字	
书　　号	ISBN 978-7-5492-8395-8	
定　　价	49.80 元	

电话：027-82926557（总编室）　027-82926806（市场营销部）

目 录

Xin Si
Yao Yan

Xin Si
Yao Yan

Xin Li
Yao Yan

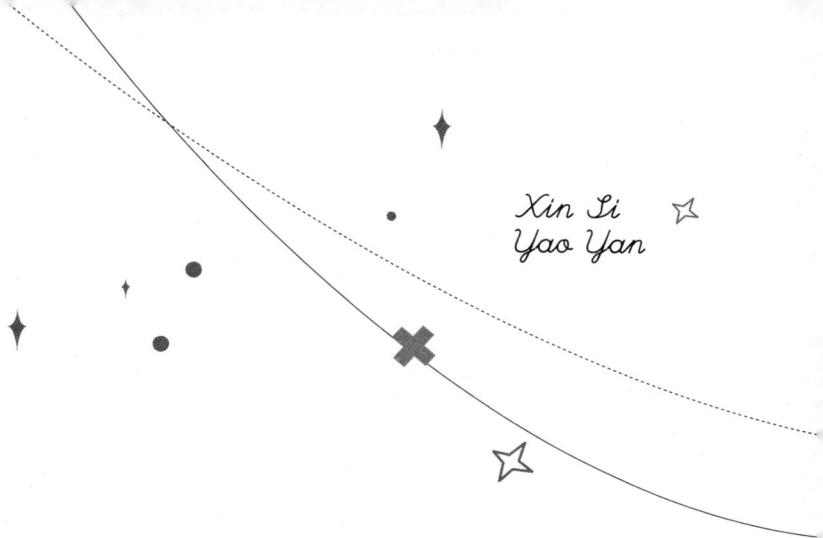

Xin Li
Yao Yan

Chapter 01
小鹿犬与荷兰猪

在那之后，顾耀扬为数不多出现在学校的日子，都成了林聿言的噩梦。

林聿言第一次来这种地方。

狭窄的走廊里堆放着各种杂物，泛黄的墙面上沾着厚厚的油污，墙壁受潮了，一块一块地耷拉着，要掉不掉。

走廊尽头有一个水池，估计是公用的，里面扔着几副没洗的碗筷，也不知道放了多少天，在炎热的夏天散发着一股恶臭味。

他从书包里拿出一张卫生纸，放在水龙头上，关上了漏了很久没人理会的自来水。他又拿出一个本子，对照上面的地址上了一层楼。

楼上也是这样的情况，简易的楼梯"吱吱"作响，还有一节木头烂掉了，日晒雨淋，没人补修。他只能跨过去，再上两个台阶，才到了目的地。

这家的门口还算干净，生了锈的老式锁挂在掉了漆的绿色铁门上，哪里都是灰，像是许久没人打开过了。

房间没有窗帘，林聿言站在窗外往里看，里面空荡荡的，只有一张单人床和几件旧衣服。

"喂，你找谁啊？"这时，隔壁的门开了。

林聿言转过头，看见一个干瘦的年轻人叼着一根烟走了出来。

他染着一头扎眼的黄头发，手臂上还文着奇奇怪怪的花纹。

"你好。"林聿言说，"请问，顾耀扬是住在这里吗？"

黄毛打量林聿言半晌，吐着烟圈问："你谁啊？"

林聿言也看着他，觉得有些眼熟，犹豫几秒，伸出右手，礼貌地说："我叫林聿言，是顾耀扬的同学。"

"同学？"黄毛突然呛了一下，不可思议地问，"同学找他干什么？难道想让他回去上学？"

"有什么不对？"林聿言见他没有握手的意思，又把手收了回来，"他上学期就没去过学校，老师希望他可以回去上课。"

黄毛像是听到了一个笑话："你们老师有病吧？前两年不管，这时候冒出来管？"

他语气轻蔑，眼神也不算友善，冲着林聿言说："赶紧滚，顾耀扬不住在这里。"

林聿言见他不愿多说，赶忙跟了上去，挡在他前面问："那你知道他住在哪里吗？"

黄毛不耐烦道："不知道，就算知道也不会告诉你。"他懒得废话，粗鲁地推了林聿言一把，险些把林聿言推进身后的杂物堆。

林聿言晃了几下才勉强站稳，想了想，远远地跟在他的后面，一起下楼了。

临州市的夏天很热，常常没有一点风，太阳烤着地面，打一个鸡蛋上去都能冒出声响。

林聿言从前不知道，市里还有这么一块地方。

破旧的筒子楼、脏乱的棚户区，蛛网一样的电线挂在半空中，街道又脏又乱，地上还有许多花花绿绿的小卡片。

来的时候没仔细看，这会儿低下头看清楚，他的脸一下子就红了。

卡片上有个女人叫包小姐，长得漂亮，身材也好。

林聿言急忙走开，换了个地方站着。

黄毛是下楼吃饭的，进了对面那家小饭馆。林聿言突然觉得他有些眼熟，仔细想了想，自己还真的见过他一次。

黄毛应该是顾耀扬的朋友，跟着他或许就可以找到顾耀扬了。

"嘟嘟"两声，手机响了起来，林聿言看了一眼来电，急忙接通："对不起卓航，今天可能去不了了。"

卓航是林聿言从小到大的朋友，两人原本约了一起去看话剧，现在因为要找顾耀扬，估计要推迟了。

"没找到顾耀扬吗？"卓航的声音从电话对面传过来。

林聿言说："还没有，他好像不住在这里。"

"啊？那他住在哪儿？"

林聿言说："我也不知道。"

卓航说："那怎么办？要不然别找了吧？我觉得，就算你找到了，顾耀扬也不会去学校。而且他那么凶，万一不高兴，动手打人了怎么办？"

林聿言："但是李老师特别交代了，让我务必把东西给他。"

卓航不解："老李为什么让你去？你们根本没什么交集。"

林聿言没出声，自己和顾耀扬确实没什么交集，不仅没有交集，甚至还有一点点……私仇。

他抿着唇，似乎想起了不太高兴的事情。

顾耀扬是他这辈子见过最恶劣的人，也是他活到现在，第一个觉得讨厌的人。

刚想回答卓航的问题，黄毛就从小饭馆走了出来，他只好先挂了电话，紧紧盯着。

黄毛没走远，穿着拖鞋又回到了筒子楼。

林聿言不知道他什么时候出来，决定碰碰运气，在楼下守着。他等到饿了，就去附近的小商店买了包饼干，干巴巴的，嚼在嘴里没什么味道，但也不算特别难吃。

林聿言其实可以不用等，毕竟暑假那么长，没事的时候过来转一圈，总会有机会。

但偏偏他以后都不想来了，今天就想把老师安排的事情做完，跟顾耀扬彻底划清界限。

所幸到了傍晚，黄毛换了身衣服终于又走了出来，林聿言的腿都站麻了，原地跺了跺，偷偷跟在他的身后，进了一条灯红酒绿的酒吧街。

七八点钟，天色刚暗下来，街上熙熙攘攘，客人已经很多了。林聿言跟了黄毛一路，此时站在路口却有些迈不动脚了。眼前灯光晃眼，背景嘈杂，一群肆无忌惮、搂搂抱抱的男男女女，让林聿言犹豫着是否再跟下去。

此时，一个长相漂亮的长发女人走了过来，什么都没说，先拉住了林聿言的手，娇嗲地问："哎哟，这是哪里来的小朋友呀？"

林聿言吓了一跳，赶忙挣脱，慌乱地退后了几步。

"呀，这么害羞？脸都红了。"女人穿着清凉，又黑又长的波浪卷发披在肩膀上，笑起来风情万种。

她问林聿言："这是打算去哪儿啊？"

林聿言慌得说不出话，他生平还没遇到过这种情况，心里莫名有些害怕，小声地说："我……我来找人……"

她像是没听清，凑到林聿言跟前，用猩红的指甲盖戳了戳林聿言的脸蛋，调笑着问："什么？找人？"

林聿言没有回应，又往后退了退，小声说："可……可以让让吗？"

"让？让去哪里呀？"她越靠越近，劣质的香水味钻进了林聿言的鼻腔里，"别怕嘛，你长得这么好看……"

林聿言一时没有明白女人话里的意思，直到反应过来，才惊恐地瞪大眼睛，吓得转身就跑。

黄毛早就不见了，也不知是不是发现了林聿言的行踪，故意把林聿言带到了这种地方。

女人清脆悦耳的笑声仿佛在嘲笑林聿言落荒而逃的丑态。

林聿言脸色煞白，眼睛红彤彤的，像一只受了惊的小兔子。

他脚步匆匆地想要赶快回家，却不小心撞到了一个人的身上……他急忙道歉，半晌没得到回应，想抬起头再说一遍，却猛地怔在原地，看到了一张熟悉的脸。

找了整整一天的顾耀扬，此时正站在林聿言的面前，勾着嘴角笑："我当是谁。"

"原来是爱哭鼻子的林娇娇？"

林娇娇，是林聿言的外号，是林聿言长这么大，第一次被别人取的外号。

"我不叫林娇娇！"林聿言的脸色不禁由白转红，紧紧握着拳头，有些生气地说。

"是吗？那你叫什么来着？"顾耀扬轻飘飘地问。

"我叫……"

"林哭包？"顾耀扬没让林聿言把话说完，挑了挑眉，截下了话茬。

林聿言不想跟他争辩，这会儿碰到了也好，他从书包里翻出了一封老师的亲笔信，递给顾耀扬，不情不愿地说："李老师希望你可以回去上课，她希望你不要荒废学业。"

顾耀扬眼神淡淡地瞥了一眼信封，没接。

林聿言继续说："李老师要对你说的话都在里面，你自己看吧，我要回家了。"

顾耀扬理都没理，夹着烟往酒吧街走去。

"请你收下。"林聿言皱着眉追上去，再次把信递给他。

顾耀扬说："我为什么要收？"

林聿言说："这是老师让我交给你的。"

顾耀扬说："她交给我，我就一定要收？"

"那……那你为什么不收？李老师给你打过很多电话，但根本打不通。她怀孕了，没有办法亲自上门找你，所以才委托我过来……"

顾耀扬看似疑惑地问："为什么委托你？"又猛地低下头，玩味道："你跟我是什么关系？"

林聿言呼吸一窒，不禁往后退了退。

顾耀扬虽然性格恶劣，但长得非常好看，细长的眼睛，英挺的鼻梁，一双黑亮的眸子像是夜空中最明亮的星星，就连眉毛都像是画上去的一样。

是善良无害又张扬耀眼的长相。

入学第一天，林聿言是这样想的。

那时林聿言很想和顾耀扬成为朋友，毕竟谁都喜欢长相好看的人，林聿言也不例外。

所以林聿言格外关注顾耀扬，一直想找个借口跟他聊天。白天没有机会，因为整整一天，顾耀扬都在睡觉，直到放学他才醒过来，然后走出了校门。

两人刚好同路，林聿言悄悄跟着他，心里想着如何开口打招呼，却没想到穿过一座天桥时，碰到了一群拿着棍子聚在一起抽烟的人。

听说那群人非常嚣张，经常打架斗殴。林聿言虽然没有亲身经历过，但这种时候肯定要避开走。

顾耀扬似乎没看到，脚步不停，快要走到那群人的身边去了。

林聿言也忘了自己当初是怎么想的，可能是怕顾耀扬受到欺负，直接冲了过去，挡在他的跟前，甚至忽略了他其实比自己高出一个头，看起来可比自己这个小身板强得多。

现在想来，那个黄毛就在人堆里，他指着林聿言问："你什么意思？"

林聿言没有解释，搂着顾耀扬的手就往安全的地方跑。

现在想起来他还觉得羞愧难当，一边跑还一边告诉顾耀扬不用害怕，结果黄毛带着一群人浩浩荡荡地追过来时，竟然齐刷刷地喊了顾耀扬一声"小扬哥"。

……

其实这种乌龙事件，解释清楚就好了，虽然林聿言根本没想过，顾耀扬会跟那群人是一类人。

林聿言开始还觉得人都是有好有坏的，哪怕顾耀扬和那些人为伍，也应该有苦衷，自己对他没有任何一点偏见。

只是没想到，自己瞎了眼！

在那之后，顾耀扬为数不多出现在学校的日子，都成了林聿言的噩梦。

比如，阴雨天把林聿言骗到天台上，不准林聿言回去上课。知道林聿言怕黑怕鬼，就不动声色地讲鬼故事，天台上风雨交加，电闪雷鸣，配上他阴阴冷冷的声音真的非常吓人。林聿言吓红了眼圈，就被抓住了把柄，被叫哭包，被叫林娇娇。

他觉得委屈，那天他根本没掉眼泪。

后来，林聿言的外号就更多了。其实掰开手指算算，整整两个学期，顾耀扬去学校的时间加起来也没有十天，但只要他一出现，林聿言就必定会遭殃。

所以林聿言真的非常讨厌顾耀扬，想躲他远远的。

但这一切在老师的眼里，却变成了"关系好"，说林聿言是班里面唯一能和顾耀扬说得上话的人，所以老师让林聿言过来给顾耀扬送信，劝顾耀扬回去上学。

林聿言根本劝不动，连封信都送不了。

"我跟你没有一点关系。"林聿言气哼哼地把那封信拍在顾耀扬的胸口上，不客气地说，"你想看就看，不想看就算了。"

顾耀扬依旧没接，直起身，任由信封掉在地上。

林聿言不想管，转身要走。突然，他听见顾耀扬问："你刚刚说李老师怀孕了？"

林聿言下意识地"嗯"了一声。

"几个月了？"

林聿言说："都快要生了。"

"哦？那还真是辛苦。"顾耀扬说，"怀着孩子还趴在办公桌上奋笔疾书，为学生操心，真是可敬。"

林聿言攥着书包带，偷偷"哼"了一声："你知道就好。"知道还不快点把信捡起来？

"不过，可惜了。"

林聿言脚步没停，他不想跟顾耀扬纠缠这个问题，信已经送到了，老师交给自己的任务也算完成了。

"好好的一封信掉在水坑里，墨汁都化开，白白糟蹋了李老师的一片心，啧……"

哪里有水坑？林聿言猛地回头，看到顾耀扬手上不知什么时候多了一瓶矿泉水，他正拧着瓶盖，要往信封上倒。

林聿言连忙跑回去把信捡起来，气愤地说："你干什么？"

顾耀扬说："你不是把信扔了吗？管我怎么处置？"

"你……"林聿言说，"我没有扔，是你没接住才会掉在地上。"

顾耀扬似笑非笑地说："我没想接。你还是把信拿回去吧，毕竟明天有雨，就算现在掉在地上没事，明天也会被雨水冲走，也许会冲进下水道，没准儿会冲进垃圾堆。"

他又转过林聿言的肩膀，指着对面的酒吧街，说："这条街的人很多，醉酒的人也不在少数，一人一脚踩在信封上，顶多沾点土，但如果有人吐上去了可怎么办？老师一个字一个字地写出来，倾注了心血，就这么被糟蹋了，是不是太可怜了？"

顾耀扬不说，林聿言还能假装不知道这封信的下场，看或者不看，扔或者不扔，都跟自己没有一点关系。

但此时顾耀扬说得明明白白，大意就是这封信他不会收，要是强行给他，那后果自行体会，还把老师的善意讲出来，简直坏到家了。

"你到底想怎么样？"林聿言回头看着他。

顾耀扬似乎玩够了，瞥了林聿言一眼，问道："你就这么想让我收下这封信？"

林聿言说："是李老师委托的。"

"谁委托的无所谓。"顾耀扬说，"但我今天不想看。"

"那我念给你听。"林聿言说着就要把信封打开。

顾耀扬却突然堵住两只耳朵："我也不想听。"

"你……"林聿言没见过他这种无赖，又急又委屈，气得脸蛋红扑扑的。顾耀扬低声笑了笑，抬起手弹了一下林聿言的额头。

不轻不重，留下一点红印子。

"至少今天不想听，你要是真的想念，明天过来吧。"

第二天，林聿言没去。

林聿言知道顾耀扬是什么样的人，就算去了结果也是一样，不想自讨没趣。他想了想，给李老师打了个电话，转达了大概意思。

李老师虽然觉得遗憾，但也没说什么，可能她早就料到了这个结果，但为人师表，又总想尽一份力。

李老师叹了一口气，对林聿言说了声"谢谢"，挂了电话。

虽然李老师觉得遗憾，但林聿言却忍不住松了一口气，只希望顾耀扬永远别去学校，最好跟自己老死不相往来。

解决了这件事情，林聿言的假期才算正式开始，他先在床上开心地打了个滚儿。

他家境很好，父亲经商，是一家星级连锁酒店的老板，产业遍布全国，是临州市数一数二的富商。

母亲是一位著名的服装设计师，有自己的服装品牌，虽然不如父亲忙碌，但也没什么时间，一家人偶尔视频联系，已经非常奢侈了。

今天母亲有空，趁着午饭的时候，给林聿言打了视频电话，林聿言笑眯眯喊她："妈妈。"

声音清脆悦耳，带着年轻人的特质。

林聿言的母亲叫徐静兰，今年三十八岁，温柔漂亮，先对着镜头亲了亲自家孩子，又问林聿言暑假有什么安排。

林聿言早就把行程整理好了，一条一条地告诉她，大部分都是留在家里看书，偶尔跟同学出去逛逛。徐静兰有些过意不去，柔声说："对不起言言，是爸爸妈妈太忙了，没时间陪你。"

林聿言赶忙摇头："我都这么大了，不用爸爸妈妈陪的。"

徐静兰心里内疚："不如妈妈把你接过来玩几天吧？我们可以去游乐园，还可以去听音乐会。"

林聿言的眼睛眨了眨，刚要开口，就听到视频对面传来一串电话铃声，母亲走到远处接了电话，再次回到镜头前时，声音有些干涩："言言我……"

"我不想去找妈妈。"林聿言突然抢了母亲的话茬，看似任性地说，"我的行程都安排好了，还约了同学一起出去玩，根本挤不出来时间。"

徐静兰嘴角动了动，眼睛有点红："那……好吧，宝宝好好照顾自己，想吃什么让阿姨做，想去哪里让司机送你。"

林聿言听话地点了点头，挂断电话，脸上的笑容也消失了。

他其实挺想去的，已经很久没有见到母亲了。但如果去了，母亲就要抽出时间陪自己，她已经够忙了，空出的那点时间，还是用来好好休息吧。

下午没什么事情，林聿言从楼上走到楼下，又从楼下走到楼上。

父母为了方便林聿言上学，在学校附近的别墅区买了一套房子，前后都有一个小院子，用墙围着，种着花花草草。

林聿言趴在地毯上看了会儿书，又跑到画室里画起了画，可能从小受到了母亲的影响，林聿言也喜欢涂涂抹抹，但喜欢归喜欢，没有天分和不够努力，却成了致命伤。

这一点上，林聿言有点看不起自己，毕竟天分不是谁都有，努力却每个人都能做到。

林聿言小时候的梦想是当个画家，但因为坚持不下去，就渐渐放弃了。

卓航说林聿言还是不够喜欢，如果真的特别喜欢的话，无论如何都会拼了命地坚持。

比如卓航喜欢电竞，被卓父追着打了两条街，都没有放下坚持下去的决心。

可林聿言怕疼，如果有一天父亲真的动手让林聿言放弃某件事情的话，林聿言肯定会二话不说，立刻放手。

坐在画室里面，时间就变得快了起来，林聿言沉浸在创作的世界里，连饭都忘了吃。

林聿言虽然画得一般，但很享受落笔的过程，等到整幅画作完成时，天已经黑了。

看起来还不错，林聿言对自己的作品满意地点了点头，准备下楼吃点东西。

刚站起来伸个懒腰，突然听到窗户响了一声。

接着，又响了一声。

林聿言眨了眨眼，以为是谁家小孩的恶作剧，打开阳台的门准备出去看看，突然看见一道利落的黑影翻上了阳台。

"……"

"顾……顾……顾耀扬！"林聿言目瞪口呆地怔在原地，指着窗外，又指了指阳台，"你……你……"

林聿言"你"了半天，一句话也没说出来。

顾耀扬身着黑色冒衫，脚上是一双方便攀登的黑色半靴，挑着眉替林聿言说："你怎么上来的？"

林聿言连连点头。

"翻墙。"

林聿言不敢相信："那你……你……"

顾耀扬又说："你为什么来？"

林聿言："嗯嗯。"

顾耀扬说："这个问题要我问你吧？"

林聿言不解："为什么问我？"

顾耀扬一步一步地逼近："为什么没去送信？"

"我……我没说要去……你，你这是私闯民宅。"林聿言紧张地往后退了退，甚至忘了这是自己家。

"嗯？"顾耀扬笑了笑，"你拿着我的信不给我，我亲自上门来取，怎么能算私闯民宅？"

怎么不算？林聿言贴着墙角，稍微有了一点安全感，冷静地问："你真的只是过来拿信吗？"

顾耀扬说："不然呢？"又瞥了一眼画架说："看你画荷兰猪？"

林聿言突然不出声了，安静了几秒，瞪着圆溜溜的眼睛，气愤地说："那是小鹿犬。"

"扑哧。"

"你笑什么？！"

"小鹿犬长成这个样子吗？"顾耀扬走到画架前，捏着下巴端详了几秒。

画纸大面积留白，正中间有一个圆滚滚的胖球，四条小短腿，一个圆鼻子，鼻孔还朝天，两颗黑豆子似的小眼睛上面，还认真地加了高光。

硬要说哪一点像鹿犬的话……

还真一点没有。

林聿言本想反驳，但此时"身无长物"，他偷偷挪到门口，一溜烟跑到书房。书包在那里，林聿言拿了信，又带上手机。如果顾耀扬没有恶意，就把信给他；如果他有别的举动，就立刻报警。

林聿言没跟做饭的阿姨说家里来了不速之客，怕引起不必要的担心。虽然顾耀扬现在看起来没有恶意，但要是两人起了冲突……

算……算了。

还是带上墙脚那根棒球棍吧。

林聿言知道顾耀扬挺凶的，虽然没有亲眼看见过这个人动手，但听卓航说，就连平时在学校里天不怕地不怕的那些人，见了顾耀扬，都要躲着走。

所以顾耀扬肯定不是个善茬。

林聿言带着防身工具回到画室，想要把信交给顾耀扬让他赶快离开，却发现他拿了一支铅笔，坐在了画板前。

"你……"林聿言想问顾耀扬做什么，话到了嘴边，又变成了，"你会画画？"

顾耀扬没理林聿言，拿着铅笔简单地画出一个轮廓，落笔轻快，小指拖在纸上，辅助晕染。

林聿言怔了怔，看着顾耀扬寥寥几笔就画出了一只活泼可爱的鹿犬，身上还有明显的肌肉线条，非常逼真。

"听说你的母亲是服装设计师？"顾耀扬抬眼看林聿言。

"嗯。"林聿言疑惑道，"你怎么知道？"

顾耀扬把笔扔在一边，瞥了眼林聿言手上的棒球棍，站起来说："我连你家住哪儿都知道了，了解你父母的信息，不是轻而易举？"

林聿言的家庭背景不算什么秘密，打听起来也相当容易。林聿言看着画纸，有点脸红，顾耀扬指着刚刚完成的作品，问道："这是什么？"

林聿言不情愿地说："小鹿犬。"

他又指了指林聿言画的："这个呢？"

林聿言抿着嘴不说话，两幅画摆在一起，高低立见，一幅叫小鹿犬，一幅叫……

林聿言觉得有点没面子，把信递给顾耀扬，嘴上说："你可以走了。"

说完就转过头，自己先跑了。

晚上十点左右，别墅区北门的路灯下站着一个黄头发，手里拿着烟的人，看到有人走过来，急忙把烟掐了，迎上去说："耀扬。"

顾耀扬应了一声，把手上的信封丢给黄毛，让他拿着。

黄毛叫邵征，是林聿言在筒子楼里碰到那位，跟在顾耀扬身后问："就为了给你送这个？"

顾耀扬懒懒地"嗯"了声，从北门走了出去。门口的保安好像没看见他们两个，等人走了，又把门关上了。

"那天我还真没看出来是谁。"邵征知道顾耀扬没打算要这封信，折了两下，塞进兜里。

等了几分钟，顾耀扬没回话，邵征也没继续说。一般这种情况闭嘴就对了，跟顾耀扬认识很多年了，邵征知道他不是个爱说话的人。

当然也有例外，就是面对那个叫林聿言的时候。

Chapter 02
他说就当陌生人吧

那咱们之后，能当陌生人吗？

邵征只见过林聿言两三次，所以对人印象并不深刻，但他一直知道，这个人是顾耀扬生活中的新乐趣，闲了无聊了，这人就会去逗对方两下。

顾耀扬逗完了就会心情好。

邵征有时觉得林聿言挺倒霉的，开学那天"救"谁不好，偏偏"救"了顾耀扬，结果就被盯上了。

邵征看着顾耀扬的背影，不禁打了个寒战，又往林聿言家里看了一眼，耸了耸肩。

暑假第三天，卓航再次想起了自己的好朋友，给林聿言打了个电话，约着出来吃饭。

两人从小一起长大，父母之前也有生意往来，虽然爱好不同，但勉勉强强能聊到一起。

两个人吃饭也没去什么昂贵的高级餐厅，在学校附近找了一个快餐店，点了汉堡鸡块，外加两杯饮料。卓航来晚了几分钟，寸头黑皮，脸上还有几块红斑，像是晒伤了。

林聿言问："你怎么了？"

卓航说："别提了，昨天我爸生气了，我赌气出门，没想到中午的太阳太大了，差点晒掉一层皮。"

林聿言嘴角抽了抽，把饮料推到他的面前，继续聊了起来。

放假期间，学校附近的生意冷冷清清，餐厅里没什么人，零零散散只坐了几桌。隔壁桌有几个男生也是他们学校的，同年级，打过照面，但彼此不熟。

其中一个男生神秘兮兮地说："知道我昨天去哪儿了吗？"

有人随口问道："去哪儿了？"

男生卖了会儿关子，神气活现地说："文昌街。"

"哪儿？！"

"真的？"同桌的男生原本没什么兴趣，此时都惊讶地凑过去，"怎么去的？那地方不让生人进吧？"

"对啊对啊，怎么去的？你……你竟然活着出来了？"

就连卓航也放下了饮料，竖着耳朵听。

男生骄傲地说："跟我哥去的。"

"真的？"还是有人不信，好奇地问，"那里面什么样？真跟论坛里说的一样吗？"

"差不多。"男生说，"其实也没那么可怕，就挺普通的一条老街，建筑有点旧，挤挤挨挨的，感觉几十年没发展过了，还有修鞋的。"

"别小看修鞋的行不行，说不定是哪里退下来的大佬。"

林聿言也好奇地听了听，但没听明白，问卓航："文昌街是什么地方？"

卓航说："你不知道？"

林聿言摇了摇头。

"也对，那地方地图上没有。"卓航神秘兮兮地说。

文昌街位于临州市西北角，在地图上看，是一片没开发的空地，三不管。文昌街里面住着一群人，不是个安全的地方。

卓航悄声说："听说，那里乱得很，什么样的人都有。"

林聿言觉得难以置信："真的有这种地方吗？"

卓航说："当然了。哪怕有些狠人进去之后，谁为鱼肉还不一定呢。我上次在论坛里面看到一条新闻，据说有人进去一周，全身是伤的出来了。"

"还……还有论坛？"

"当然有，不过是会员制，神秘得很……"旁边的男生还在说着所见所闻，卓航有点跃跃欲试，想凑过去打听打听。学生嘛，都喜欢这种事情，越是神秘，越觉得向往。

林聿言说："你也想进去看看吗？"

卓航说："当然想，我'偶像'就住在那里。"

林聿言震惊："你'偶像'？"

"嗯！"卓航说，"他十二岁父母双亡，为了生存才跑进去的。"

林聿言无法理解卓航为什么会有这一类的"偶像"，也许是因为大家都喜欢强大的人吧。

　　设身处地想想，十二岁的年纪，能在那种地方生存下来，是真的很厉害。

　　"但偶像归偶像，不代表我想去那种地方生活。"卓航说，"就是好奇，毕竟传得神乎其神，谁都想去看看。"

　　林聿言说："既然是传闻，也许这条街根本不存在呢？"林聿言始终不相信，现在这个时代还会存在这样的地方，也太危险了。

　　卓航说："其实我也半信半疑，但论坛偶尔还会放一些照片，街景什么的，还有那个被打到全身是伤的人，在新闻上也能找到。"说着拿出手机点开几张，给林聿言看。

　　照片上没什么特别的，就像隔壁桌男生说的，一条很老的商业街，卖什么的都有，猪肉摊的隔壁竟然是卖衣服的，非常随意。

　　"而且刚刚那个男生也说他去过了，虽然不知道真的假的。"卓航又放低声音说，"但没猜错的话，百分之八十都是瞎编的。"

　　林聿言问："为什么？"

　　"因为论坛里十个人有九个人都说自己去过，后来版主扒出来，说没一个是真的。"卓航愤愤道，"虽然我也挺好奇的，但也不敢冒险。"

　　隔壁那几个男生说完就走了，林聿言嗫着吸管，喝完最后一口饮料，就当听了一个故事，然后问卓航："你下午有什么安排吗？"

卓航说："打游戏。"

林聿言知道他没别的事，问道："西区有个画展，你要不要去？"

卓航说："不去，看看话剧还行，画展太无聊了。"

林聿言没强求，拿出手机看了看地址，跟卓航分开后，一个人打车过去了。

西区作为老城区，建设始终有点缓慢，有钉子户还有些古建筑，不太好施工。

林聿言以前没来过这边，除了那天去找顾耀扬，就是今天来看画展，不过画展的位置距离贫民区和酒吧街隔了十几里，倒也不怕再遇到。

想起顾耀扬，就想起了那幅对比明显的画，林聿言抿着唇过了展厅的闸机，站在入口处给家里的阿姨打了个电话，让她帮忙联系小区管理，往墙头上装一些防盗设施，免得再有人跳进来。

这次办展的画家不算出名，来看展的人也不是很多，林聿言虽然经历了昨晚的挫折，但对于画画这件事还是非常喜欢，一幅一幅看下来，连心情都变好了。

五点左右，展厅关门了。

林聿言走出来，本想拦车回家，却在马路中间看到一位东张西望的老奶奶，像是迷路了。

"您在找什么？"林聿言跑过去问。

老奶奶手上有一张字条，递给林聿言说："娃，你知道这个地方怎么走不？"

字条上写的是一个小区的名字。

林聿言对这边也不算熟，于是拿出手机用导航搜了搜，确定路线，搀着老奶奶说："我送您过去。"

小区位置有些隐蔽，到了指定的位置之后，地图又提示重新规划路线，林聿言带着老奶奶在那附近绕了好几圈，终于把她送到家门口，等要回家时，发现自己迷路了。

这里胡同巷子很多，导航不是指错方向，就是把人带到施工路段。林聿言绕了一会儿，索性不看了，随便选了一条小巷子，打算走到头，去个明显的地方，让司机过来接。

结果巷子没选好，才走几分钟，就撞到一群人对峙。

准确来讲，是四五个人对一个人。

被追的那个人，还是顾耀扬？

林聿言怔了几秒，赶紧捂住眼睛，心里跳出一个词。

冤家路窄。

连续三天了，怎么自己走到哪里都能遇到他。

林聿言想赶紧离开，但看着眼下这种情况，又停留了几秒。林聿言虽然讨厌顾耀扬，但也不至于见死不救。

林聿言的性格温软，就算看到陌生人也会出手相助，眼下这情况，就算帮不上忙，也能报个警。

犹豫了一会儿，林聿言还是躲在一棵槐树后面观察双方的情况。

顾耀扬果然很凶，一个人跟五个人周旋都不落下风。

林聿言想了想，也不知道这会儿报警是帮了谁，于是把手机收了起来，打算原路返回。却没想到，一抬头就对上了顾耀扬投来的目光。

林聿言瞬间有了不好的预感，发现顾耀扬脸上竟然露出一丝微笑。

他心里慌乱，想要赶紧离开，但为时已晚。

顾耀扬松开手上的敌人，冲着林聿言阔步而来，猛地一下，两人都倒在地上。

林聿言快哭了，惊恐地问："你干什么啊？"

顾耀扬放弃了自我防卫，背朝上，挨了一下，看似痛苦地说："救你。"

林聿言更害怕了，颤抖着嘴角说："你救我干什么啊？我自己能跑！"

顾耀扬又挨了一下，勾着嘴角说："晚了，已经为了你受伤了。"

邵征赶过来的时候，围着顾耀扬的那几个人都倒在地上。他原本没怎么担心，但看到顾耀扬整个人靠在林聿言的身上，赶紧跑过去问："耀扬没事吧？"

见顾耀扬闭着眼睛没出声，邵征问林聿言："怎么回事？"

林聿言也认出了邵征，毕竟那天跟了他好久，于是双手扶着顾耀扬的身体有些艰难地说："他被打了两下，晕倒了。"

晕倒？邵征脸色变了，想把人接过来，瞅了一眼顾耀扬微微动弹的手指，又停了下来。

林聿言说："你是他的朋友吧？"

邵征："嗯。"

"那……那你能把他送到医院去吗？"

邵征说："耀扬为什么受伤？据我估计，地上那几个人，可不是他的对手。"

林聿言不想承认，但还是不情愿地说："为了……救我。"

邵征"哦"了一声："既然为了救你，不应该由你把他送到医院吗？"

理是这个理，但……但自己是强行被救的啊……

林聿言有苦说不出，况且暂时也拿不准顾耀扬是真的晕了还是装的，不过棍子确确实实打在他背上，疼肯定是疼的。

林聿言想了想，跟邵征说："那你可以帮忙叫救护车吗？"

邵征又看了一眼顾耀扬："救护车就不用了，应该没什么大事，送回家休息吧。"

巷子尽头停了一辆面包车，副驾驶座上坐着一个小男孩，八九岁的样子。他看见林聿言扶着顾耀扬上车有点好奇，往后排看了看，问道："耀扬哥被打了吗？"

邵征让他系着安全带坐好，小男孩"哦"了一声，回过头老实了几秒，又待不住了，跪在椅子上面往后看，问林聿言："你是谁啊？"

林聿言原本有些紧张，毕竟黄毛看起来不像好人，顾耀扬也绝非善类，此时有个小孩子跟自己说话，顿时轻松不少，做了自我介绍，又问："你呢？"

小男孩说："我叫胡冬冬！冬天的冬！"

林聿言唇边带了笑，跟他打招呼。

胡冬冬问："你是要跟我们回家吗？"

林聿言："嗯。"

"真的吗？太好了！"胡冬冬看起来很开心，小脚丫一晃一晃的，特别热情，"那我带你去吃朱伯伯家的烤五花肉，特别好吃，可香了！"

林聿言问："朱伯伯是谁呀？"

胡冬冬说："朱伯伯是卖肉的，胖胖的，脸像个大馒头，还有两个酒窝，我的手指戳进去，能埋半截！"

林聿言没来得及回话，邵征就不客气地呵斥一声，让胡冬冬坐好了。

胡冬冬不愿意，邵征说："你如果再不听话，下次出门就不带着你了。"

小孩子最怕这种威胁，胡冬冬也不例外，瞬间就老实了，用眼神跟林聿言告别，乖巧地坐了回去。

面包车开了许久，在市里就跑了四十分钟，越走越偏，穿过那天的贫民区往西，拐进了一条没修的小路上。

路上有点颠簸，颠得林聿言又担心起来了。

幸好这条路不长，过去之后就看见一条宽敞的街道，周围也有人了。

邵征把车停在一个小超市门口，先从后备厢搬出两箱东西，又把胡冬冬拎了下去，让林聿言下车。

顾耀扬还没醒，林聿言只好又把他扶下去，站在街道中心，觉得有些眼熟。

林聿言可以肯定，自己从没来过这里。

但这种莫名的熟悉感又是从哪来的？环顾四周，他突然发现一家肉铺紧挨着服装店，冷汗立刻就下来了，结结巴巴地问："这……这是什么地方？"

邵征带着林聿言一直往前走，随意道："文昌街。"

"哪儿？！"

林聿言以为自己幻听了，直到邵征重复了一遍，吓得脚底一软，差点坐在地上。

是卓航说的那个……文昌街吗？

林聿言心里害怕，想掉头就走，但身上还靠着一个人。

林聿言决定把顾耀扬送回去，就赶快离开。

于是，他跟着邵征拐进一个大院子，里面有几栋六七层高的板楼挤在一起，顾耀扬住在其中一栋的顶层。到了门口，邵征递过来一把钥匙，就走了。

林聿言累得气喘吁吁，赶忙打开门，把顾耀扬放到了客厅的沙发上，才长出了一口气，用手扇了扇风。

林聿言想要喝水，但是没有得到主人的允许，又不好随便走动。

顾耀扬的房子不是很大，应该是一室一厅，家具都是老式的柜子，该有的都有，收拾得也非常干净，阳台上还挂着一个沙袋，地上扔着几副拳击手套。

林聿言实在太渴了，坐在沙发上说："喂，我想喝水。"

顾耀扬没睁眼，但眼皮动了动，明显是醒着的。

林聿言说："水在哪里？"

顾耀扬依旧没说话。

林聿言闷闷地说："你想渴死我吗？"

顾耀扬眉毛上挑，缓缓睁开眼睛说："我不叫喂。"

果然是装的！林聿言气哼哼地瞪着他。

"厨房有水，水壶里是温的，有一次性纸杯，在柜子上。"

林聿言没急着跟他理论，拿着纸杯匆匆跑进厨房，过了一会儿，嘴角湿润地走出来。顾耀扬已经站起来，正在伸着懒腰。

林聿言说："既然你没事，那我先走了。"

顾耀扬问："你早知道我没事？"

林聿言说："我又不傻。"

"那为什么还要把我送回来？"

林聿言无奈："我不送你回来，你会让我走吗？"

顾耀扬果断地说："不会。"

"所以啊。"林聿言说，"我又没有别的办法。"林聿言看着顾耀扬想了想，挺认真地说，"现在我已经把你送回来了，那咱们之后，能当陌生人吗？"

Chapter 03

第一次厨艺展示

对不起，我不应该逗你，也不该说你娇气。

顾耀扬的表情未变，没说话。

林聿言说："本来咱们之间也不算熟，我不知道自己哪里让你觉得好玩了，但我还是希望你不要总是逗我，我觉得这样不好。"

"以后，你应该也不会再去学校了，我也绝对不会再来找你，那我们从现在开始，能当陌生人吗？"

顾耀扬轻飘飘地问："你这样想的？"

林聿言重重地点头："那如果没什么事，我就先走了。"他又迟疑了几秒，还是关心地说："你虽然没有真的晕倒，但背上是真的受伤了吧？可以找人帮你涂点药。"

说完，林聿言没等顾耀扬回应，直接走出门去。

此时天已经黑了，林聿言站在楼门口准备给司机打电话，拿出手机，先是看到卓航分享的娱乐信息，又猛地想起卓航说的话。

林聿言咽了咽口水，禁不住有些颤抖，脸色发白。漆黑的夜里不知道会隐藏多少可怕的事情，即便司机来了，也会有危险吧。

林聿言急忙把电话打给了家里的阿姨，又慌慌忙忙地跑到楼上，敲开了顾耀扬的门。

顾耀扬没想到林聿言去而又返，靠在门口抱着胸问："怎么了？"

林聿言弯着眼睛笑眯眯地说："要不，我们明天再当陌生人吧？今天晚上我能不能在你家……先借住一晚呀？"

顾耀扬勾着嘴角问："为什么？"

林聿言说："你为了我受伤了，我当然要照顾你啊。"

林聿言连自己都照顾不好，哪会照顾人？

但是大话说出去了，就得兑现承诺。顾耀扬去洗澡了，让林聿言去厨房做饭。

林聿言这辈子没进过厨房，吃饭都是阿姨一碗一筷端上桌的，要问林聿言说哪个好吃，倒是能头头是道地说出来。

让林聿言亲自下厨，还真有一定的难度。

但是没吃过猪肉，总看过猪跑，油盐酱醋、白砂糖这些基本的调料还是能分出来的。

顾耀扬的厨房也不大，一个小方格，里面放着简单的厨具，还有一个单开门的小冰箱。

林聿言在里面绕了一圈，打开冰箱往里面探了探，啤酒居多，还有几瓶密封好的腌菜和辣椒酱，不像是买来的，应该是自己做好储存的。

难道是顾耀扬做的？林聿言脑补他系着围裙下厨的画面，觉得不太可能。

冰箱里没什么蔬菜，只有一个番茄以及一包面条。

面条很细，如果没猜错的话，直接放水里煮就好了。

林聿言怕自己猜得不对，又拿出手机查了查，结果差不多，就是这么做，还可以把番茄放进去，作为辅料。

林聿言打了个没响的响指，开始了第一次厨艺展示。

很简单嘛，往锅里加水，烧开，放入番茄。

水快烧开的时候，林聿言才发现番茄还没切，慌慌忙忙地找到了砧板和切菜的刀，忙活起来。

顾耀扬从浴室出来，还没吹头发，毛巾搭在脖子上，穿了一件黑 T 恤。厨房里"叮叮当当"乱响，听声音像是有什么东西掉了。

顾耀扬皱了皱眉，走了过去，果然看到林聿言正弯着腰把勺子捡起来。

锅里的水已经沸腾了，面汤顺着锅盖往外溢，流了一地。林聿言手忙脚乱地想要把锅盖掀开，顾耀扬上前一步，把火关了。

锅里的面条煮成了坨，仅有的一点汤也全都流干净了，顾耀扬有点嫌弃，问道："这是喂猪的吗？"

林聿言大眼珠四处转，小声说："喂你的。"

"嗯？"顾耀扬拧着眉逼近一步。

林聿言赶紧挥着手说："不不不，我什么都没说！"话音未落，又想起了什么，急忙把手背到身后。

但还是晚了一步，顾耀扬瞬间拽住林聿言的手腕，把他背着的左手拉了出来，食指上破了层皮，还在流血。

林聿言想把手缩回来，却被顾耀扬拽到了客厅，按着坐在了沙发上。

"受伤了为什么不说？"顾耀扬从柜子里面拿出一个药箱，碘伏、纱布、止血药、创可贴，应有尽有，跟开了个小药店似的。

伤口不深，顾耀扬帮忙消毒的时候瞥了一眼，林聿言脸皱成一团，怕得想缩进沙里，药粉撒上去应该有点疼，明显听到林聿言倒吸了一口气。

林聿言似乎发现了他的目光，赶紧低下头，结果他是蹲在面前的，低头看得更清楚，又慌慌张张地把头仰了起来。

顾耀扬又问了一遍："为什么不说？"

林聿言抿着嘴，犹豫几秒："如果我说了，你又要说我是娇气包了。"

顾耀扬一怔，轻轻地贴上了创可贴，等了几秒，竟然说了三个字："对不起。"

林聿言也愣住了，急忙把头低了下来，不可思议地问："你……你说什么？"

顾耀扬面无表情地说："对不起，我不应该逗你，也不该说你娇气。"

顾耀扬态度突然转变，倒是让林聿言有些措手不及，急忙说："没……没关系，我其实也……也没放在心上。"

顾耀扬点了点头，问道："疼吗？"

林聿言本来就怕疼，刀划的口子更是疼得要命，又忍了好久没敢说，有点委屈："好疼啊……"

林聿言说完这句话，立刻就后悔了，顾耀扬脸上挂着笑，低声说："果然，就是个娇气包。"

晚饭到底是顾耀扬做的，同样的方法，但动作利落了很多，就是白花花的一碗，清汤寡水，没什么点缀。

毕竟唯一一个番茄被林聿言浪费了，只能这样凑合凑合。

但味道出奇地好，也不知道往汤里面放了什么东西。

林聿言还在研究，顾耀扬已经吃完了，林聿言赶忙喝了最后一口汤，跟了上去。

"我看看你背上的伤吧。"

顾耀扬坐在沙发上收拾药箱，没有回应。林聿言看出来了，顾耀扬想说话的时候才会开口，不想说话的时候根本不理人。

这种习惯也太任性了，林聿言撇了撇嘴，走过去说："还是看看吧，挨了那两下肯定疼死了。"

顾耀扬依旧不理，林聿言犹豫了一会儿，还是凑过去看了一眼顾耀扬身上的伤。

果然红了一道，有点瘀青，应该不是很严重。

但林聿言还是怔住了。

顾耀扬背上不止这一道伤，结实的背脊上斑斑驳驳地布满了疤痕，有深有浅，其中一条从左到右，横在肩胛上面。

"疼……疼吗？"林聿言下意识地问。

"嗯？"

"背上的伤。"

"不疼。"

骗人，怎么可能不疼。林聿言手上破了一点皮都快疼哭了，更何况他这么深、这么长的伤口。虽然看起来像是旧伤，现在应该没事了，但在当时不知道该有多疼。

林聿言没经顾耀扬同意，把药箱拿了过来，从里面找到一瓶活血化瘀喷雾，问道："可以帮你喷吗？"

顾耀扬看了林聿言几秒，算是同意了。

林聿言点点头，对着顾耀扬今天受伤的地方，喷了几下。

这样……应该就行了吧？还用再处理吗？

冰凉的触感消失了，顾耀扬等着林聿言把喷雾还回来，等了几秒，没见动静。

他扭过头，发现林聿言正拿着手机认认真真地查资料，过了一会儿抬起头，尴尬地说："好像要先热敷，顺序错了……"

说着就想去找毛巾，顾耀扬站起来说："算了，就这样吧。"

林聿言说："这样能好吗？"

顾耀扬对上林聿言疑惑的目光，不在意地说："没人管也能好。"

晚上，让林聿言意外的是，顾耀扬竟然让出了卧室，去睡沙发。

顾耀扬的卧室里只有一张床和一个衣柜，床上只铺了一床薄薄的棉垫子，很硬。

林聿言翻来覆去地睡不着，又怕影响顾耀扬休息，只能闭上眼睛默默数羊。

林聿言很少在外面留宿，旅游不算，毕竟酒店条件很好，床也软乎乎的，唯有几次条件较差的，是学校组织的学习旅行，目的就是体验生活，床也硬邦邦的。

林聿言当时也睡不着，数了一万只羊，最后都数乱了。

现在想想，那张硬邦邦的木板床还挺舒服的，最起码有三层垫子，想着想着，就睡着了，迷迷糊糊地，感觉床好像也不是那么硬，果然任何事情，只要习惯了就好。

林聿言低喃了两声，翻个身，沉沉地睡了过去。

第二天一早，林聿言醒了过来，暑假不用早起，本还想赖一会儿，又猛地想起这是顾耀扬的家，急忙从床上下来，走出卧室。

顾耀扬不在，不知道什么时候出门了，阳光从窗外照进来，透过窗户往外看，平静的街道上，似乎也没有什么可怕的。

林聿言简单地漱漱口准备离开，想了想，还是要跟顾耀扬说一声，找到纸和笔，第一个字还没写完，就听到了敲门声。

门外站着一个小男孩，手里举着两串烤五花肉，看到林聿言，开心地眯起了眼。

是昨天在车上遇到的小朋友，胡冬冬？

林聿言有些惊喜，蹲下身来，笑着说："冬冬，早上好呀。"

胡冬冬说："不早啦，已经十点半了，你睡懒觉！"

林聿言有点不好意思，挠了挠后脑勺。

胡冬冬说："我八点钟就起床了，去朱伯伯家让他烤五花肉！但他跟你一样睡懒觉，我就戳他酒窝，把他戳醒啦。"说完咯咯地笑，把其中一串递给他。

林聿言接过来，问道："为什么去这么早呀？"

一般来讲，烤肉都是中午或晚上吃得比较多吧？

"因为我说了要请你吃呀，耀扬哥说你今天就走啦，我怕你吃不到。"

林聿言怔了怔，其实他没把这句话当真，还以为是小朋友开玩笑随口说说，不禁有些抱歉地揉了揉冬冬的头发。

烤五花肉早就凉了，也不知道小朋友在外面等了多久。

胡冬冬说："你快尝尝，我跟朱伯伯很熟的，他每次帮我烤都会刷两层蜂蜜，可甜了！"

林聿言没在外面吃过烤肉，大都是家里准备，或者是跟朋友一起去比较干净的餐厅，家里的阿姨也常常说外面做得不卫生，如果他想吃，她都会准备。

但此时胡冬冬的眼睛里面闪着光，大概就是那种急于分享自己喜欢的东西，想要得到认同的目光。

林聿言没再多想，咬下一口。

味道真的很好，虽然有点凉了，但一点都不油腻。

胡冬冬问："怎么样？怎么样？好吃吗？"

林聿言点点头，笑着说："很好吃。"

"哈哈太棒了！我就说好吃吧！"胡冬冬神气地挺着胸脯，自己也吃了一块，"你什么时候走呀？"

林聿言说："一会儿就走了。"又问："冬冬，你知道顾耀扬去哪儿了吗？"

胡冬冬说："去抓小黄了。"

"嗯？"林聿言眨了眨眼，"小黄是谁？"

"小黄是我奶奶养的猫，昨天晚上挂在树上，下不来了。"

顾耀扬会帮忙抓猫？

林聿言有点震惊，想不出他爬树的样子，有点好奇，也想顺便告别。

虽然顾耀扬性格恶劣，但自己不能学他一样恶劣。不管怎么样都在别人家住了一晚上，还是当面说声"再见"比较礼貌。

"那他在什么地方？"

胡冬冬说："就在这栋楼后面，很好找的。"

林聿言本想带着胡冬冬一起去，但找不到顾耀扬家里的钥匙，又怕顾耀扬没带着，只好委托胡冬冬看门。

林聿言刚走，楼下就跑上来一个人，随手抢走了胡冬冬的烤五花肉，撸得只剩下一根签了……

胡冬冬气得快哭了，大声骂他："破四眼哥！"

来人抱着一台电脑，戴着黑框眼镜，方块脸，脸上长了不少青春痘。

方四眼嘿嘿一乐，坐在门口的台阶上，打开电脑，问胡冬冬："刚刚那个人，是耀扬昨天带回来的？"

胡冬冬说："不告诉你。"

方四眼说："五串烤五花。"

胡冬冬犹豫了一会儿："十串！"

"小毛孩子还讨价还价？"方四眼敲着键盘，打开一个论坛，里面只有十几个活跃用户，人不多，倒是挺热闹。

"十串就十串，但我问你什么，你得老实交代。"

胡冬冬被收买了。

"昨天你们去批发市场，遇到什么了？"

胡冬冬说："我在车里面，只看到有人追着耀扬哥跑。"

方四眼问："几个人？"

胡冬冬掰着手指数："五个。"

方四眼问："那个人又是怎么回事？"他指的是林聿言。

"耀扬哥救的呀。"

方四眼明白了，在论坛里发了一条新帖。

"文昌快讯"。

老大昨日外出，路遇仇家挡路，一人单挑八名壮汉，本该全身而退，却为救人一命，身负重伤。至今昏迷不醒，不知能否逃过一劫。

随即有人跟帖：救了谁？

版主说：看穿着，应该是本市一位富家千金。短发白皮，琉璃大眼，淡粉薄唇，有可爱唇珠，娇小的身躯摇摆不定，搀着的救命恩人，步履蹒跚。

跟帖：我上周跟我哥去了文昌街，感觉挺太平的啊，就是一条普普通通的老街嘛。

版主呵呵：愚昧，罪恶全都掩藏在黑暗之中，光天化日必定都是朗朗乾坤！我甚至怀疑你根本没有找对地方！或者你晚上再来探险，但不知是否能活着回去。

跟帖：我朋友也想成为论坛会员，账号能便宜点吗？

版主：三千一个，不议价。

这栋楼后面有一条小路，不算宽，种着两排高耸的白杨树。

林聿言不用仔细找，拐个弯就瞧见一位上了岁数的老奶奶，正仰着头往上看。

林聿言走到她跟前，顺着她的目光也抬起了头。

顾耀扬换了一件 T 恤衫，还是黑色的，坐在十几米高的粗壮树枝上，一条腿弯曲着，一条腿随意地垂在半空中。

他嘴上叼着一卷纱布，手上捏着一只受了惊吓"喵喵"直叫的小黄猫，似乎在检查它受伤的前腿，帮它进行包扎。

林聿言怔了怔，眼前的画面像是永远都画不出来的水彩画，背景是蓝天，周围是树叶，风是从东南方吹来的，一阵一阵，树叶沙沙作响。

胡奶奶是个小个子，穿着棉布缝制的上衣，双手托着，像是怕顾耀扬掉下来，想要接着他："快下来吧，先下来，下来再看，不急的。"

顾耀扬没应声，倒是淡淡地瞥了一眼林聿言。那道目光和往常相比没什么不同，但林聿言有点恍惚，像是突然之间就不认识他了。

除了第一次见面，顾耀扬在林聿言心里都不是个好人，独来独往，只跟校外的混混有联系，喜欢欺负人，但似乎只欺负过自己一个人。

至少在学校，没见他对其他人怎么样。

理所当然的，林聿言就认为顾耀扬不好了，甚至讨厌他，有点怕他，想躲着他。

　　可此时，顾耀扬抱着那只小猫，把它固定在肩膀上，任由受了惊吓的小东西把他当成敌人又抓又咬，依旧把它从树上救了下来，递给了胡奶奶。

　　胡奶奶先绕着顾耀扬检查了一遍，确定没有大碍，才抱着小黄哄了哄，一直说谢谢。

　　顾耀扬拍掉身上的树叶，没应声，而是走到林聿言跟前，问："还没走？"

　　"啊……"林聿言回过神来，"想跟你说一声。"

　　顾耀扬点了点头，算是知道了。

　　"我……"林聿言动了动嘴角，似乎还想再说点什么，但是话到了嘴边，又不知说什么合适。

　　之前不了解顾耀扬，林聿言似乎给他下了错误的定论，觉得有些抱歉。

　　这时，胡奶奶走了过来，好奇地打量林聿言："你是？"

　　"您好。"林聿言礼貌地跟她打了声招呼，微微弯腰说，"我叫林聿言。"

　　胡奶奶慈眉善目的，脸上布满皱纹，像是爱笑，眼角那里尤其深："是耀扬的朋友吗？"

　　林聿言说："不是，我……是顾耀扬的同学。"

　　"同学？"胡奶奶想了想，"同学不就是朋友吗？"

　　严格来讲，其实不算……

　　但跟老人家说得太多，她也不明白，林聿言就随了她的意思，说是。

　　"真好，耀扬也有朋友了。"她和蔼地拍了拍林聿言的肩膀，又对顾耀扬说，"我前几天做了点酱菜，都密封好了，改天让冬冬给你送去，你要记得吃。"

　　酱菜？林聿言突然想起顾耀扬冰箱里那些瓶装的辣椒酱，原来都是胡奶奶送的吗？

　　胡奶奶又说："一个人不要总是凑合，你最近不去小玲那里，就没人管饭了。要是不想自己做，就等我做好了，让冬冬给你送去。"

　　顾耀扬随意应了一声，像是没放在心上。

　　胡奶奶无奈地摇摇头，交代完就走了，估计腿脚不好，一瘸一拐的。

　　"走吗？"

　　"嗯？"

　　顾耀扬说："送你到路口，这里不能打车。"

　　"哦，好。"

　　一路上，两人都没有说话，林聿言想了想，还是打破沉默："这里的人……似乎挺好的。"

　　"嗯？"

　　"我之前听卓航说，这条街有点乱。"林聿言又问，"你知道卓航吗？他是……"

　　"你朋友。"顾耀扬点了一根烟，表情没变，但咬着这三个字的语气有点奇怪。

　　"嗯。"林聿言没在意，继续说，"他跟我说文昌街特别可怕，但我发现他说得也不全对，明明挺平静的，遇到的人也都挺好的。"

虽然只住了一个晚上，但是胡冬冬和胡奶奶都很好，也很热情。

顾耀扬问："卓航是怎么说的？"

林聿言想了想，重述了一遍卓航的话："我其实不怎么相信现在还会有这种地方，明明都是电影里面的情……"

话音未落，顾耀扬的表情突然变了，猛地抓住林聿言的手腕，飞奔起来。

顾耀扬跑得很快，双腿修长，像一只矫捷的豹子，林聿言不明所以，费力地跟在后面，气喘吁吁地问："怎……怎么了？"

顾耀扬没回应，只是沉沉地说了句："别回头。"

Chapter 04
不要钱的五花肉

如果想要了解一个人，就要贴近他的生活，收买他的朋友！

　　别……别回头？

　　林聿言瞬间有了不好的预感，难道卓……卓航说的都是真的？内心的恐惧再次出现，紧紧跟着顾耀扬一秒都不敢放松。

　　不知跑了多久，心脏都快跑出来的时候，终于被拽进了一条只能容纳两个人的小胡同里。

　　林聿言累得差点坐在地上，刚想开口，就被顾耀扬紧紧捂住了嘴，反手推在了墙上。

　　林聿言有点害怕，怕藏得不够隐秘，拽了拽顾耀扬的上衣，像是问：怎么了？

　　顾耀扬往巷子口看了一眼，等了几秒没什么动静，再转过头，突然笑了起来，对着林聿言笑着说："卓航骗你的。"

那……那他拉着自己跑什么？！

林聿言气得跳脚。

顾耀扬已经先一步走了，留林聿言自己坐在街口附近的小胡同里生气。

不是林聿言不想走，而是刚刚跑得太累了，得缓一缓。

林聿言哭丧着脸手撑在膝盖上，第一次觉得自己身体素质差。司机过来至少还需要一个小时，外面太晒了，干脆就坐在这里等。

脑子里疯狂地报复顾耀扬，不过也只敢想想，毕竟打又打不过。

"喵"的一声，窄小的胡同里钻进来一只小猫，玻璃珠儿似的茶色眼睛不停地打量着林聿言。

是胡奶奶的猫？又跑丢了吗？

林聿言冲它伸出一只手，小猫试探了半晌，缓缓走了过去，它的前腿果然受伤了，绑着纱布，上面系着一个简单的蝴蝶结。

林聿言看着那个蝴蝶结沉默了，心里却怎么都想不明白，顾耀扬对一只小动物都这么用心，为什么对自己那么恶劣……

林聿言把小猫抱起来，怕它再次跑丢了。

"你怎么在这里？"这时，有人问道。林聿言抬起头，看到胡冬冬也跑了进来。

林聿言不知怎么解释，只好说："我在这里乘凉。"

"哈哈。"胡冬冬说，"我是来追小黄的！奶奶说它最近想讨媳妇了，总是往外跑！"

林聿言笑了笑，把小猫递给他。胡冬冬没走，说要陪林聿言一起乘凉，也跟着坐在地上的石墩上。

胡冬冬可能经常在太阳下乱跑，皮肤晒得有点黑，笑起来露着一排干干净净的小白牙，特别可爱。

林聿言喜欢他，也爱跟他说话，聊着聊着，就聊到了顾耀扬的身上。

兔子被欺负久了，也开始记仇了。

不止今天的，连带之前所有的仇一并想了起来，林聿言以前总想着躲，但躲来躲去，一点用都没有。

林聿言问胡冬冬："你知道顾耀扬有什么害怕的东西吗？"

胡冬冬歪着小脑瓜，想了想说："耀扬哥很厉害的，好像没有害怕的东西。"

"那……那有没有喜欢的东西？"

胡冬冬又想了想，茫然地说："好像也没有。"

"嗯……"林聿言觉得苦恼，自己一点都不了解顾耀扬，比如他的喜恶，他的弱点，这下自己想要报仇，都找不到机会。

胡冬冬说："你如果想知道，可以亲自去问耀扬哥啊。"

林聿言挫败道："他怎么会告诉我。"

"那你就天天跟着他！"

"嗯？"

胡冬冬说："如果想要了解一个人，就要贴近他的生活，收买他的朋友！"

"这……这样好吗？"

"怎么不好呀，不然就没办法了解他呀。"

林聿言想了想，是这个道理，他站了起来，抱着胡冬冬兴奋地说："冬冬！你可真是天才！"

胡冬冬咯咯地笑："是四眼哥说的，他总收买我。"

趁着司机还没过来，林聿言又给司机发了条信息，说暂时不回去了。

他跟着胡冬冬去了路口的那家小超市，买了几件洗漱用品和充电器，返回了顾耀扬家中。

顾耀扬见林聿言又回来了，淡淡地问："忘了东西？"

林聿言拎着塑料袋摇头，笑着说："我可以在你家……多借住几天吗？"

"理由？"

林聿言早就想好了理由，怕顾耀扬不同意，一边迈进屋子一边说："上次看你画画很好，想要跟你请教请教。"

顾耀扬哼笑了一声，没管这个理由合不合理，错开身子让林聿言进来。

既然找了这个借口，林聿言就真的像模像样地请教起来，还怕顾耀扬家里没有画纸，在小超市一并买了回来，没有画板，就随便找了一块木板，架在小板凳上。

"你以前学过画画吗？"林聿言主动问道。

顾耀扬站在林聿言身后："学过几天。"

林聿言惊讶："真的只有几天？"

"两三个月。"

林聿言有点羡慕，两三个月能画那么好，已经很厉害了，反观自己，怎么都不行。

一直以来林聿言坚持不下去，也有自暴自弃的成分，总觉得自己在那么好的条件下，还画得乱七八糟，就更加灰心了。

林聿言轻轻叹了一口气，两只手转着还没削的铅笔，有点低落。

"其实很简单。"

"嗯？"

顾耀扬突然拿走林聿言手上的铅笔，不知从哪儿找出了一个转笔刀："如果画不好小鹿犬，就去画荷兰猪。"

林聿言垂着眼，闷闷地说："你又嘲笑我……"

顾耀扬说："没有。"过了一会儿，把削好的铅笔递给林聿言，淡淡地说："荷兰猪也很可爱。"

林聿言大概理解他的意思，虽然不想承认，但自己确实不合适画"小鹿犬"。

或许画点别的，尝试一下新的画风，会好一些？林聿言犹豫半晌，刚打算落笔，肚子却先叫了起来，昨晚只吃了一点面条，这会儿早就饿了。

林聿言猛地灵光一闪，站起来问顾耀扬："你吃饭了吗？"

顾耀扬说："没吃。"

"那我去做。"

"你做？"

"嗯！"林聿言先他一步跑进厨房，殷勤地说，"我已经学会了，不会再出问题啦。毕竟住在你家，不能白住。"

既然抢着做饭，顾耀扬也没管，任由林聿言在厨房翻来翻去。

今天没有番茄，冰箱里也没有蔬菜，用不到菜刀，自然就碰不到手，除非林聿言是个笨蛋，否则不会有什么问题。

很显然，林聿言还算聪明，十几分钟后端着两碗面出来了。

一碗放在顾耀扬面前，一碗留给自己。

"尝一下吧。"林聿言说完，神情有点不自在。

顾耀扬没动。

林聿言又说了一次。

顾耀扬迟疑地拿起筷子，林聿言立刻双眼泛光。

直到顾耀扬危险地眯起双眼，林聿言才意识到自己的情绪太外露了，赶忙低下头，假装无事发生。

但他异常的举动还是被顾耀扬发现了。

顾耀扬挑了挑眉，心想算了，林聿言刚刚那么可怜，自己就让人开心一下。

随后他挑了一筷子面放进嘴里。

林聿言立刻像往常一样变了脸，咧着嘴问："怎么样？！"

"啊……"顾耀扬看似艰涩地把面咽了下去，配合地说了句，"好咸。"

林聿言第一次做坏事，没什么经验，漏洞百出。

顾耀扬说完，脸上那个懒懒散散的笑，就彻底击垮了林聿言的自信心，出师不利大概就是这样了。

本以为给顾耀扬下了圈套，谁想他却主动跳了进去，还抱着胸站在圈里，欣赏自己极为幼稚可笑的手段。

林聿言觉得自己太急于求成了，讪讪地回到厨房，又帮顾耀扬盛了一碗新的。

当天晚上，林聿言睡在客厅里，客厅的小沙发是两人位的，有软软的垫子，刚好能躺下一个人，虽然窄了点，但是比床上舒服些。

不单纯的借宿已经够心虚了，林聿言不想再占着主人的地方，让自己更加心虚。

但顾耀扬为什么要把卧室让给自己呢？是担心自己睡得不舒服？

怎么可能……顾耀扬只会逗自己玩，根本不会有关心这种事情。

第二天，林聿言一大早就起来了，在卧室门口徘徊了许久，都没等到顾耀扬出来，只好先去洗漱，又想抽个时间回家，拿几件衣服。

糟糕……林聿言觉得这个想法有点莫名其妙，难道还打算常住吗？

十点左右，顾耀扬醒了一次，他不怎么玩手机，大多数时间都在睡觉，偶尔看一眼林聿言，也不怎么管，随便林聿言在自己家里干什么。

冰箱里最后一点面条都没有了，林聿言虽然非常积极地要帮忙做饭，但是没有食材，也没办法施展，想拉着顾耀扬出去买，但他明显不想去。

"我只会煮面。"顾耀扬说，"你呢？"

林聿言说："我也……刚刚学会煮面。"

"所以买那些没必要，放着也是浪费。"

"那也要吃饭啊……"说着肚子又响了，林聿言眼巴巴地看着顾耀扬，"你就带我去一次吧，下次就不用你了。"

"还有下次？"顾耀扬轻笑着问，"你要在这里赖多久？"

林聿言顾左右而言他："我没赖呀……"

顾耀扬嘴上说不去，但还是穿上了一件薄外套，跟着林聿言出了门。

四五点钟，太阳还高高挂起，行人也稍微多了一点，林聿言这才注意到，街上的老人和小孩居多，偶尔有个年轻人，都跟黄毛一个打扮，看起来像个小混混。

买菜的地方距离小超市不远，一个摊子一个摊子地支起来。

林聿言没买过，也不会挑，随便称了几样自己爱吃的，打算回去学着做。林聿言觉得做饭还挺有意思的，倒也不嫌麻烦。

顾耀扬没有一直跟着，大多是告诉林聿言具体位置，就站在远处等，等林聿言拎着蔬菜回来。

打算回去时，林聿言又跑到街边的肉铺，想买一块瘦肉。

虽然这个难度有点大，以林聿言的水平还驾驭不了，但他还是想挑战一下。

林聿言喊了一声老板，一个五大三粗的壮汉走了出来。老板长得挺凶，额头上还有一道疤，拿着砍刀扔到砧板上问：

"要多少？"

林聿言有点怕，扭头看了一眼顾耀扬，见他离得不远，才放心地说："两个人吃。"

老板叼着一根牙签，一刀下去，秤也没称，直接丢了过来。

林聿言小声说："有……有点多……"

老板凶神恶煞："多什么多，不多。"

"哦……"林聿言瞬间就尿了，也不敢反驳，"那……那要多少钱？"

老板瞅他一眼，把刀甩到一边，粗声道："送你了。"

送……送我？

林聿言急忙摆摆手，觉得不妥，但看老板眉头微皱，脸上的肉也跟着一颤一颤的，就吓得不敢强行给钱了，快步跑到顾耀扬身边，把肉递给他说："老……老板不要钱……"

顾耀扬倒是痛快："不要钱就拿着。"

林聿言说："这样不好吧？"

"那你就给他。"

林聿言小心翼翼地回头，见老板还在门口站着，赶忙拉了拉顾耀扬的衣角："那……那还是算了吧。谢谢他。"

顾耀扬瞥了一眼林聿言的手背，不易察觉地笑了："你给我下毒的时候不是很厉害吗？这会儿怎么怕了？"

林聿言小声嘟囔："我没怕。"又说："你别冤枉好人，我什么时候给你下毒了？"

"多放盐也是下毒。"

"乱讲，还不是你拽着我满街跑，跑得我腿都疼了。"

顾耀扬说："你没上过体育课吗？加起来也没有八百米。"

林聿言说："八百米还不远吗？我都快跑断气了。"

顾耀扬说："娇气包。"

"我……"林聿言没什么底气地反驳，"我才不是。"

有了食材，林聿言又搜了菜谱，手机就放在橱柜上，一步一步地跟着做。

顾耀扬没打算帮忙，等林聿言笨手笨脚地切完菜，接了个电话就走开了。应该在阳台，隐隐约约可以听到他的声音。

林聿言本想偷偷听着，但是顾耀扬除了"嗯""啊"，就没有多余的词了，几分钟后挂断，又回到了卧室。

哪怕是在一个屋里，他们接触的时间也不多。

一直这样的话，就算再住半年也不一定能了解顾耀扬啊！

林聿言想着想着，就有点走神了，也忘了自己是不是按照菜谱的步骤来的，等回过神，菜已经出锅了。

看着卖相还不错，林聿言满意地点了点头，开始做下一道。

忙了四十分钟，只炒了两盘青菜，免费得来的肉没敢动，林聿言想先试试水，打算明天再做。

今天的林聿言真诚多了，亲自把筷子递给顾耀扬，脸上藏不住的期待和紧张，像是等待评判。

顾耀扬也非常配合，两道菜都尝了尝。他嚼得很慢，直到林聿言有些等不及了，才点头说："不错，很好吃。"

"真的吗？"林聿言立刻开心起来，不枉自己忙活了这么久。

于是，林聿言拿起筷子郑重地夹了一根青菜放进嘴里，刚嚼了两下，"吧嗒"一声，筷子又无情地掉回了桌子上。

林聿言愣怔着，眼泪差点被灼口的咸味逼出来，茫然道："你……你不是说好吃吗？"

顾耀扬靠在椅背上，端了杯温水，先喝了一口，才真诚地说："我觉得好吃。"

两道菜只有一道勉强能吃，剩下的那道实在无法下咽。幸好做得不多，没有造成太多浪费，配着夹生的米饭，也算是果腹了。

顾耀扬比林聿言先吃完，拿着自己的碗筷去厨房洗干净，又去卫生间洗了洗手，看样子打算出门。

林聿言跟着站起来，问："你要出去？"

顾耀扬换了鞋，打开房门，应了一声。

"我能去吗？"林聿言也想跟着换鞋，脚上这双拖鞋还是新买的，塑料底子，有点硌脚。

顾耀扬说："不行。"

林聿言说："为什么？你是有什么重要的事情吗？如果只是出去逛逛，我能陪你……"

"我说了不行。"话没说完，顾耀扬就瞥了林聿言一眼，目光强势且不容反驳，声音也冷冰冰的，没什么感情。

林聿言怔了怔，看着顾耀扬下楼的身影，不敢再动了。

严格说起来，顾耀扬虽然喜欢拿林聿言寻开心，却从来没有伤害过他。

所以一直以来，他也只是觉得顾耀扬讨厌，并没有觉得多么的危险，甚至十恶不赦。

放假之前老师委托的送信，林聿言虽然极不情愿，但也来了。遇到长相凶恶的卖肉大叔，虽然心里胆怯，但看到顾耀扬站在身后，他就想应该不会有事。

这是第一次，也是至今唯一一次，顾耀扬眼中的戏谑没有了，取而代之的，是从未见过的凌厉。

林聿言有点遗憾，刚想关门，就见楼下蹿上来一道人影，戴着黑框眼镜，冲着林聿言打招呼。

林聿言说："你是……"

黑框眼镜自我介绍："我姓方，叫方杰。"

林聿言说："你好。"又问："你是来找顾耀扬的吗？他刚刚出去了。"

方杰胡子拉碴，像是几天没刮了，连声说："不不不，我是来找你的。"

"找我？"

方杰开门见山："我知道你叫什么，也知道你来这里是为了什么。"

林聿言谨慎："你……你怎么知道？"

方杰笑眼一眯："胡冬冬说的。"

林聿言震惊："冬……冬冬？他……他怎么会告诉你？"

方杰没瞒着："那就是一只小馋猫，几串烤五花肉，什么秘密都能抖出来。"

"你……"林聿言认真地打量了他一会儿，不太确定地问，"你是冬冬说的那位四眼哥吗？"

"对，是我。怎么样？想不想跟着顾耀扬？"方杰还背着一台电脑，谨慎地往楼下看了看，像是怕顾耀扬去而又返，被当场抓个正着。

林聿言当然想跟，毕竟顾耀扬难得出门一趟，肯定会有新的发现。

"但他说……不行……"

"你也太听话了吧？"方杰愁得揪头发，"你是不是真的想了解顾耀扬啊？"

"当然是真的。"

"那就学着变通，刚好我知道他要去哪儿，我带你过去。"

林聿言不解地问："你为什么带我去？"

方杰拍了拍林聿言的肩膀，熟络地说："既然搬过来就是朋友了，况且大家楼上楼下地住着，互相帮助，互相帮助。"

夜里八点左右，文昌街上已经没人了，偶尔有几家小店开着，灯光也幽幽暗暗的，没什么客人。

虽然卓航说的那些不是真的，但林聿言还是对这条街有些好奇，毕竟导航定位的时候，这里真的就只是一片空地。

方杰自己有车，一辆上了岁数、倒了七八手的小轿车，开起来"吱吱"乱响，安全带倒还健在。

出了文昌街，有很长一段路都没有路灯，像一个被城市遗弃了的地方。

林聿言问方杰为什么会这样。

方杰说："因为这里的人都不怎么出去，过自己的。"

又瞅了一眼，觉得林聿言还有疑问，就没卖关子，问道："你觉得胡冬冬怎么样？"

林聿言说："很可爱啊。"

"胡奶奶你也见了吧？"

"嗯，是一位很慈祥的老人。"

方杰点了一根烟："但这一老一少没来之前，就是在大街上要饭的。"

"要……要饭？"这个词距离林聿言太遥远了，忙问，"那冬冬的爸爸妈妈呢？"

方杰说："进监狱了啊，诈骗。"

林聿言愣住了，一时不知该说点什么。

"说出来你也别嫌弃，在这条街住着的人，或多或少都跟那些事沾点关系，有的是被儿女拖累的，也有的是从里面出来的。外面闲话太多了，也没那么多人愿意相信知错能改，邻里之间指指点点，生活不下去了，就搬到这边与世隔绝了。"

"那……那顾耀扬……"

"耀扬？他不一样啊。"方杰吐了口烟圈，回忆道，"他是在昏迷状态下，被人扔在路边的。"

Chapter 05
因为我想了解你

过去的事情就过去了，记在心里也没用。你总得有新的生活吧？

林聿言猛地想起顾耀扬背上的那道疤，怔怔地问："为……为什么会被扔在路边……"

方杰说："不知道，我也很好奇。"说着就把抽完的烟头掐灭，顺着车窗扔出去，又开了四十多分钟，才停了下来。

林聿言从车上下来，发现眼前这个地方异常眼熟，怎么都没想到，竟然是第一天遇到顾耀扬的那条酒吧街！

方杰带着林聿言穿过嘈杂的人群，进了一条隐蔽的小巷子，里面有一家没挂招牌的小店，没什么客人，店内的摆设就像个普通的咖啡厅，让林聿言放松不少。

酒保象征性地询问了一下年纪，就让林聿言进去了。方杰似乎跟店里的人很熟，挨个打了招呼，又靠在吧台问："听说这次的奖金很高？"

酒保点头，竖起五根手指。

方杰说："五万？"

酒保咂嘴，低声说："五百万。"

"我的天？！"方杰惊了，"哪个富二代攒的局？"

酒保说："不清楚，但这次报名的人很多，估计要开二层那个擂台。"

方杰说："五百万可是天价了。"又八卦地问："这次耀扬打算参加？"

酒保耸了耸肩："玲姐倒是想呢，但小扬哥不理她。"

方杰问："那耀扬今天过来干吗？"

酒保递给方杰一张电梯卡："报名的人多，下面就乱，还没开始比赛呢，先给打废了好几个。玲姐让他过来看看，别到时候把人都打没了，观众还看什么？"

方杰接过卡片跟酒保说了声谢谢，带着林聿言上了电梯。

林聿言虽然旁听了一会儿，但实在没听明白他们说什么，只知道可能有个比赛，心里有点好奇。

电梯没往上走，而是去了地下二层。

出来时，方杰想起了一件事，停下脚步问："你……有什么爱好？"

林聿言说："我喜欢画画。"

"嗯……"方杰沉吟半晌，又问，"还有吗？"

林聿言说："看书？"

方杰说："还有吗？"

林聿言摇摇头，自己喜欢的东西，向来不多。

方杰咳嗽一声，有点不自然："那待会儿你要是看到什么受不了，就来电梯这边等我。"

"那顾耀扬呢？"

"他不是在 B2 就是在 B1，我先找找。"

林聿言点点头，跟在方杰的后面。

跟楼上相比，这里宽敞很多，吧台酒柜，应有尽有，也没有乱七八糟的灯光，甚至没有客人。

正前方是两扇紧闭的大门，方杰轻轻一推，瞬间，惨烈刺耳的打斗声，穿透耳膜。

林聿言没敢上前，但还是看到一个人躺在地上，整张脸都肿了，牙也掉了一颗。

那人想要爬起来，但看起来手脚似乎都不能正常活动了。

林聿言完全呆住了，从来没有见过这样的场面，想要走，却怎么都迈不开腿。

那人似乎看见了敞开的大门，从里面冲了出来，直愣愣地倒在林聿言脚边，死死地抓住他的脚踝，不停地说："我不比了，让我走……让我走……"

林聿言挣脱不开，吓得眼圈通红，本来就胆小，根本没见识过这样的场面，全身抖如筛糠，话都说不出来。

"林聿言！"

突然，有人在不远处喊。

林聿言赶忙抬头，看见顾耀扬从远处阔步赶来，急切地伸出手，喊了声："顾……"

话音还未落下，脚上的力道就松了，顾耀扬将人拽到身边，皱着眉说："不是说了不要跟来，你当我在开玩笑吗？"

林聿言自知理亏，想要找方杰垫背的时候，人已经没影了。

说到底也是自己想来，遇到这种事情怪不得别人，只是林聿言万万没想到，刚刚他们所说的那场比赛，竟然跟地下拳击有关……

这个词林聿言听说过，据说是没有任何规则的格斗竞技，有人在上面会受很重的伤，一生未愈。

林聿言不明白怎么会有人喜欢看这种比赛。

顾耀扬把林聿言带到了一间休息室，靠在墙壁上，沉默着不说话。

顾耀扬两只手上都缠着专业的防护绷带，垂着眼，不知道想些什么。

林聿言缓过来了，刚刚的画面太过突然，他实在没有心理准备，偷偷看着顾耀扬，也跟着不出声。

林聿言想起顾耀扬家里的阳台上吊着一个沙袋，还以为他是用来锻炼身体的，现在看来，或许不是。

这时，门开了。

一位穿着黑色长裙的女人走了进来，她先看了一眼顾耀扬，又看到坐在沙发上的林聿言，有点惊讶地说："哟，这不是前几天碰到的小朋友吗？"

林聿言立刻站起来，女人鲜艳的红唇和乌黑的卷发，让林聿言瞬间回忆起两人在哪儿见过，如今在灯下仔细看，女人大概三十岁。

"你……你好……"

"呀，好有礼貌。"她走过去又想戳林聿言的脸蛋，刚好对上顾耀扬投来的目光，讪讪地把手放了下去，笑着说，"叫我玲姐就行。"

林聿言还没开口，顾耀扬就走了过来，说："你回去吧。"

"我……"

"现在回去。跟谁来的，跟谁走。"

顾耀扬态度冷淡，不想多说。林聿言只好抿着嘴角，点了点头，默默地走了出去。

休息室只剩下两个人了。

顾耀扬问玲姐："你来干什么？"

玲姐找了个位置坐下，给自己倒了杯水，反问道："这是我的地方，我为什么不能来？"

"倒是你。"她话锋一转，连带表情都严厉起来，"你到底想干什么？擂台不打，职业不签，让你去学校认识认识正常的同龄人，你倒好，学校大门朝哪儿开的，你知道吗？"

顾耀扬懒声说："东南西北全都开。"

玲姐气笑了，翻开手机说："再过一个星期就满十九了，你真的打算这么一直浑浑噩噩地过下去？"

顾耀扬点了一根烟："不然呢？你想让我怎么活得有价值？"

玲姐看了他半晌，尝试着说："过去的事情就过去了，记在心里也没用。你总得有新的生活吧？我还以为这两年你想明白了，干什么也都不拼命了……"

顾耀扬没让她说完，挑了挑下巴，意思是让她出去。

这到底是谁的地盘？玲姐翻了个白眼，起身走了，留下顾耀扬一个人，久久没动。

凌晨四五点钟，喧闹的酒吧街终于安静下来，盛夏的天已经亮了，太阳躲在薄薄的云层里，朦朦胧胧的，不那么刺眼。

顾耀扬从电梯里出来，刚好碰到一个正在打扫的服务人员，礼貌地喊他一声："小扬哥。"又指了指靠在墙角的桌子。

桌子上趴着一个人，脑袋歪在臂弯里，像是睡着了。

顾耀扬安静地看了几秒，走了过去。

那人好像在做梦，微微皱着眉，嘴里不知道嘟囔什么。

他们第一次见面，是在学校附近的天桥下，那时顾耀扬还没看清楚林聿言长什么样子，就被拉着跑出了十几米，一边跑还一边告诉他不要害怕，实际上林聿言的手心都在冒汗，早就六神无主了。

那副表情真有意思，顾耀扬第一次见。他很想知道这个人是怎么想的，明明自己怕得要命，为什么还会出手"救"他。

毕竟从来没有人救过他，林聿言是第一个。

越了解，就越觉得好玩。

原来林聿言胆子那么小，像个爱红眼睛又怯生生的小兔子，明明是有钱人家的掌心宠，却没有半点高傲，除了爱哭一点，似乎没什么不好。

顾耀扬拉着一把椅子坐下，垂着眼等林聿言醒过来。

半个小时后，林聿言迷迷糊糊地睁开眼睛，看见顾耀扬坐在对面，想起了昨天的事情，含糊地问道："你下班了？"

顾耀扬没回答他，而是说："你喜欢睡沙发和桌子？"

林聿言说："不喜欢啊。"

"那干吗睡这里，方杰呢？"

"他回去了。"

"我不是让你跟他一起回去？为什么没走。"

林聿言犹豫了半晌，才说："我……我是想跟你道歉。"

"道歉？"

林聿言说："因为我没听你的话，偷偷跟过来……还看到了不该看的。"林聿言知道这种事，顾耀扬应该不想让别人知道。

顾耀扬皱了皱眉："所以你在这里趴了一个晚上？"

林聿言说："对啊……我也不知道你什么时候回家，就想在这里等等你。"

顾耀扬说："你是白痴吗？"

"不是。"林聿言低着头说，"昨天擅自跑过来确实是我不对，我跟你道歉。"

"既然知道不对，为什么还要过来。"

"因为我想了解你啊……"林聿言心急口快，突然说漏嘴了，想要收回去，已经晚了。

"嗯？"顾耀扬笑着问，"想了解我？为什么？"

林聿言犹豫了几秒，说了一半实话："因为你总是逗我，我想知道原因。"

"哦。"

哦？！

林聿言说："我都直接问出来了，你都不能解释一下吗？"

顾耀扬说："需要理由吗？"

"怎么不需要？喜欢一个人，讨厌一个人，都是需要理由的呀。"

"我觉得不需要。"顾耀扬淡淡回了他一句，站起来问，"走吗？"

林聿言说走，结果挪了两步，腿动不了，在这里趴了一个晚上，全身都是麻的。

顾耀扬等了一会儿，见林聿言磨磨蹭蹭的，随手抻过林聿言的手腕，把人扶了起来。

林聿言吓了一跳，急忙说："我……我自己能走。"

顾耀扬说了句闭嘴，林聿言挣扎了几下，不敢乱动了。

顾耀扬看起来又高又瘦。

林聿言以前没注意到，他的左耳朵上面竟然有一个小小的耳洞，今天还插了一根不起眼的茶叶棍。

"顾……顾耀扬。"林聿言轻轻晃了晃双腿，小声问道，"你……你也打过那个比赛吗？"

顾耀扬知道林聿言问什么："以前打过。"

"是为了赚钱吗？"

"不然呢？"顾耀扬说，"打着玩吗？"

也对，林聿言说："那现在不打了吗？"

"嗯。"

"现在不缺钱了吗？"

"还好吧，主要是怕死。"

"哎？"林聿言似乎发现了两人的共通点，在顾耀扬耳边兴奋地说，"你也怕死？"

顾耀扬停下脚步，扭头瞥了他眼。

"你不怕吗？"顾耀扬问。

"我也怕呀！"林聿言突然笑了起来，咧着嘴，两只眼睛弯弯的，像是刚刚钻出云层暖暖的太阳。

顾耀扬没出声，扯着林聿言调转方向，冲着远处一个巨大的垃圾桶走了过去。

林聿言瞬间不笑了，慌张地说："你……你要干什么？"

顾耀扬挑了挑眉，沉声说："看不出来？当然是把你扔进去啊。"

林聿言立刻哀声求饶。

邵征的小面包停在路口，刚推开车门准备下来。

"你……你们这是？"邵征没想到林聿言会出现在这里，"难道是，受伤了？"

顾耀扬说："没。"他让林聿言自己活动活动再上车。

林聿言有点不好意思，也没过多地解释，听话地跳了几下，跟邵征说了声"谢谢"，一起钻进车里。

林聿言不会……一直没走吧？邵征心中疑惑，握着方向盘，透过后视镜往后面看了看。

顾耀扬靠在椅背上睡觉，林聿言坐在他旁边龇牙咧嘴地扮鬼脸，还不敢明目张胆，始终偷偷摸摸的。

可能是靠得太近了，顾耀扬睁开一只眼，林聿言立刻孬了，扭头老老实实地扒在车窗上看风景。

但外面能有什么风景可看？倒是前不久刚拆了一个棚户区，车轱辘碾过去，黄土漫天。

"耀扬。"

"嗯？"

邵征见顾耀扬醒过来，开口说："我待会要去周伯那一趟，给他修点东西，你去吗？"

顾耀扬随口"嗯"了一声，应该是去。

邵征看了一眼竖起耳朵的林聿言，问道："林聿言去吗？"

林聿言立刻抢答："我去！"

顾耀扬轻笑道："你是跟屁虫吗？"

林聿言哼了两声，不想承认，但自己此时此刻的行为，又确实很像。

那位周伯似乎不住在文昌街，而是住得比文昌街还要更偏僻一点。已经快到郊区了，面包车开过一条废弃的火车道，停在几十米处的林荫路上。

上午十点钟，天又热了起来，树上的知了"吱吱"地吵个不停，风吹在身上，竟然凉飕飕的。

邵征从车里拿出一个工具箱，迈上眼前的台阶。

台阶不算太宽，两边都是自建的简易楼，周伯家在左手边这栋，一扇上了红漆的小门，门口还有一把竹藤椅子，椅子旁边放着十几盆花。

邵征敲了敲门，等了几分钟，一位坐在轮椅上的老伯推开了门。

"今天这么早啊？"他看了一眼邵征，又看见了顾耀扬，似乎有些惊喜，笑着说，"耀扬也来了？"

顾耀扬点头，淡淡道："看看你会走了吗。"

周伯两条裤腿都是空的，听他说完这话，眼中的惊喜立刻消失，不乐意地调转轮椅，扭头走了。

邵征咳了一声，先一步进屋。林聿言眨了眨眼，跟在顾耀扬身后，一起走了进去。

周伯的房子有点特殊，不算大，但里面满满当当的，养了很多盆花，朝阳的那面尤其多，很多林聿言都叫不上名字，粉白相间的，特别好看。

周伯家里的灯坏了，水管也堵了。邵征去通水管，顾耀扬随手搬了一把椅子，站在上面，把灯泡拧了下来。

林聿言帮不上忙，只好蹲在花丛里仰头看，心里还是觉得，顾耀扬应该是个不错的人。

"喝点水吧。"周伯转着轮椅过来，递给林聿言一杯香喷喷的花茶。

林聿言急忙道谢，又坐在周伯递来的小板凳上。

"是第一次见你。"周伯看起来只有五十几岁，但脸上的皱纹不少，一双眼睛镶在深凹的眼窝里，手很糙，气质却很儒雅，他问道，"是耀扬的朋友吗？"

林聿言担心再次出现胡奶奶那次的情况，直接点了点头，又笑着说了自己的名字。

周伯似乎很欣慰，笑着说："真难得，耀扬也会交朋友了。"

这句话听起来耳熟，胡奶奶也曾说过。

林聿言不解地问："为什么……难得？"

周伯跟林聿言一起晒了会儿太阳，目光停留在顾耀扬的身上，像是回忆着什么。

　　他说，那时候顾耀扬才十二三岁，被人发现的时候，倒在文昌街的路口，上半身缠着绷带，渗出了好多血。

　　这种事情如果发生在别的地方，或许就有人救他了，哪怕帮他打个急救电话，或是叫个救护车。

　　但文昌街的人，或多或少都经历过一些事情，受尽了外面的白眼，早就没有那份同情心了。

　　就算有，也都不敢上前。他伤得太重了，根本不像普通打架斗殴所造成的，所以谁都不想惹上事。

　　他大概在那里躺了一天，等有点力气了就爬起来，缓缓地挪到了现在居住的地方。

　　周伯那时候是他的邻居，腿还是好的，出门时被他狼狈的样子吓了一跳，想绕着走，却被他拦了下来。

　　顾耀扬当时递给他一些钱，让他帮忙买药。

　　周伯想了许久，才答应下来，拿着钱去附近的医院买了点伤药，又买了一些绷带回来，亲眼看着他自己动手换药。

　　周伯问林聿言有没有受过伤。

　　林聿言伸出快要愈合的食指，不知道这个算不算。

　　磕磕碰碰如果不算的话，那他似乎没有受过伤，从小就被保护得很好。

　　周伯点了点头："那你应该不能体会那种疼，我看着都心肝颤，耀扬却吭都没吭一声。"

　　林聿言听着，心脏也跟着紧了紧。他就知道，那道伤疤，一定很疼。

周叔说："后来，我就帮耀扬送了几次饭。还有胡老太，她也心善，知道街上来了这么一个孩子，就跟着我轮流送。"

"耀扬倒是没拒绝，但也从来没说过谢谢。"周伯笑了笑，"我这辈子遇到太多这样的白眼狼了，也没放在心上。"

周伯说，他也坐过牢，经济大案，被人诬陷的，出来之后妻离子散，工作更找不到了。没地方住，他就去文昌租了房子。

半年左右，顾耀扬的身体恢复了，不出门也不上学，再给他送饭，他就开始拒绝了，态度始终冷冰冰的。

周伯把饭菜拿回去，没放在心上，想着或者某一天，这孩子就自己离开了。

"那……那然后呢？"林聿言问。

周伯沉默了半晌，才说："然后，我出了车祸，下半身瘫痪，需要截肢。"

林聿言的目光挪到周伯的双腿上，不知道说些什么。

"其实我不记得那段时间的事了，毕竟一直躺在重症监护室。醒过来的时候，腿已经没了。之后还是胡老太说的，那钱是耀扬给的。"

林聿言问："他……有钱吗？"

周伯说："应该有一点，但耀扬那时的钱，也只够自己花的吧。医药费多贵啊，都是他为了还我那几顿饭的恩情，帮我……凑出来的。"

周伯说得很含糊，但林聿言还是怔了怔，似乎知道顾耀扬为什么会参加那种比赛了……

十几分钟后，灯和水管都修好了。顾耀扬洗了手，叫了林聿言一声，准备离开。

周伯趁林聿言站起来之前，又说了几句悄悄话："耀扬是个苦孩子。别看他面上冷，嘴又坏，但是人很好。你们以后……可要好好相处啊。"

林聿言对周伯笑了笑，没有立刻回应。

回去还是邵征开车，林聿言闲着无聊，等红灯的空当，又往后瞥了一眼。

顾耀扬又睡着了，林聿言再次凑到他身边，静静地看着他。这回没做鬼脸，也没偷偷摸摸，看了许久动也没动。

像是顾耀扬的脸上，长出了一朵花。

邵征把他们送到楼下，人就走了。方杰的车也在，昨晚就回来了。

顾耀扬上楼的时候往方杰家门上瞥了一眼，没说什么，又上了一层楼，拿出钥匙打开了房门。

林聿言换鞋的时候总觉得身上有点奇怪的味道。

这身衣服已经穿了三天，虽然借了顾耀扬的浴室洗澡，但衣服始终没有换过。

浅色的衣服皱皱巴巴，上面还有做饭时不小心喷上的油点子，林聿言拎着自己的领子闻了闻，嫌弃地扯远了一些。

第一次这么脏，他已经等不及回去拿衣服了，于是站在顾耀扬的房门口，讨好地说："你能借我一件衣服吗？我快要臭了……"

顾耀扬打量着林聿言，从衣柜里拿了一件薄衬衫，也是黑色的。林聿言一声"谢谢"，匆匆跑进了卫生间。

午饭是胡冬冬跑腿送来的，胡奶奶做了两菜一汤，还包了几个饺子。

小朋友本想跟林聿言聊天，但不凑巧，又蹦蹦跶跶地走了。

刚打算关门，邵征去而又返，听着卫生间里淋浴的声音，问顾耀扬："林聿言……这几天都住在你家？"

没得到回应。

顾耀扬坐在阳台的地垫上，邵征也跟着走过去，捶了一下沙袋，坐下问正事："玲姐又找你了吗？"

"嗯。"顾耀扬拿着一个打火机，开开阖阖地转着玩。

"她说的事情，你真的不考虑一下吗？"

顾耀扬抬眼："她找你当说客？"

邵征讪笑："我哪说得动你，我就是觉得，正正当当地打比赛，比现在这样好得多。"

他和顾耀扬是在玲姐的酒吧认识的。

玲姐不是一般人，面上开着不起眼的小酒吧，实际上却做着更大的买卖，这样的擂台全市就那一家，说是见不得光，但圈内人基本都知道。

每隔一段时间，还会有很多职业选手过去特训。

但很遗憾，自顾耀扬去了之后，就没人能赢了。

也不知道顾耀扬是在哪里学的防身技巧，哪怕前些年身形处于劣势，也没人能赢得了他。横扫，肘击，招招狠辣。

渐渐地，就有些职业赛的经纪人想要签顾耀扬，但不知道为什么，顾耀扬始终没有点头。

邵征说："我一直挺想问的，你别嫌我废话多。你跟玲姐，是不是早就认识？"不然怎么会又让他去学校，又一直想让他签职业，都是很好的发展方向。

顾耀扬没打算告诉他，直接让他走了。

地板上的拳击手套落了一层灰，看样子许久没用过了，顾耀扬瞥了一眼，又闭上眼睛，靠着墙假寐。

Chapter 06
深蓝色的钻石耳钉

其实改变对一个人的看法，通过一两件事情就够了。

将近半个小时了，林聿言还没出来，只因为洗完澡顺便把衣服全都洗了。

第一次亲自动手，没控制好洗衣液的用量，差点把顾耀扬这套年久失修的老房子给淹了。

顾耀扬听着"哗啦哗啦"的水声本没想动，又怕林聿言笨手笨脚地摔倒了，两人一起收拾了半天。

林聿言洗完澡之后，感觉好多了。头发还滴着水，他看起来有点不自在，坐下吃饭时，也埋着头不出声。

顾耀扬没管他，吃过饭没去睡觉，而是坐在沙发上，罕见地打开了电视。

林聿言一根青菜嚼了四五分钟，想等顾耀扬回房间，再去晾自己刚洗好的衣服。

但等啊等，竟然发现顾耀扬找了一部长达三个小时的原音电影，还津津有味地看了起来。

　　没办法，总不能一直坐在餐桌前，林聿言抿着唇想了想，缓缓站起来，一步一步地挪到厨房，浑身不自在，又从厨房挪了出来，坐在沙发上。

　　屏幕上播放着一部经典的爱情电影，男女主从小一起长大，经历了漫长的战争和分离，才辛苦地走到一起。

　　林聿言很早以前跟着妈妈看过两眼，但他那时候看不懂，坐了一会儿就跑去画画了，也不知道具体讲了什么。

　　如今有机会重温，就跟着顾耀扬一起看了下去，看到分别和重逢的时候，还偷偷红了眼睛，看到重逢之后有亲密戏，又慌乱地低下了头，尴尬得想找条地缝钻进去。

　　现在应该干点什么才能让这段画面赶紧过去？林聿言随手拿起沙发上的毛毯，毯子是这两天盖的，灰蓝色，上面有菱形的图案。

　　啊，太好了，这里有一根线头，先给拽下来。

　　"你是想把我的毯子拆了吗？"

　　"啊？"

　　顾耀扬突然开口。

　　男主竟然还抱着女主。

　　林聿言游离的眼神对上了焦，看到毯子锁边的细线都要被自己拆完了，急忙停手，窘迫地笑了笑。

　　顾耀扬无奈地叹了一口气，拿了一个杯子递过来："帮我倒点水吧。"

杯子里有水，还满满当当的，林聿言感激地看着他，心想他果然是个很好的人。

于是，林聿言立刻丢了毯子站起来，去厨房帮顾耀扬换了一杯温热的。

又等了一会儿，直到估摸着外面的片段过了，他才走出去，把杯子递给他，还笑得灿烂，就差说声谢谢了。

顾耀扬接过水杯站起来，也对林聿言笑了笑。

林聿言开始没察觉有什么不对，但顾耀扬的笑容太耀眼了，让林聿言立刻警惕起来。

顾耀扬开心了，拿着杯子回到房间。

林聿言听到关门声才露出两只眼睛，本想关了电视睡觉，但电影还有一个小尾巴，他想看完，又怕顾耀扬突然出来笑话自己，只好一边蒙着头，一边提防着，直到片尾曲响起来。

电影还是好看的。

林聿言心里觉得愤懑，总有种在顾耀扬面前里子面子都没了的感觉，然后起身去把衣服晾起来。

忙完之后，林聿言打开手机，翻开昨晚刚刚编辑过的备忘录，备忘录没有名字，上面记录着这几天发生的事。

其实改变对一个人的看法，通过一两件事情就够了。

虽然林聿言还是闹不明白，顾耀扬为什么总是逗自己开心，但至少知道了，他并不是一个游手好闲，不学无术的街头混混。

顾耀扬会画画，看得懂没有字幕翻译的原音电影，一个人居住，家里的清洁却保持得很好。

应该在酒吧上班，因为身手厉害，所以是帮忙维持黑市秩序的工作人员？逗自己的时候会笑，不想说话的时候，深沉的眸子里，没有一点光。

顾耀扬心里藏着事，应该不想告诉任何人。

林聿言不猜了，放下手机，又想起顾耀扬坐在树上帮小猫包扎伤口的画面。

林聿言没犹豫，从沙发上爬起来，坐在简易的画板前。

林聿言心里想，再努力一下吧，毕竟才十九岁，如果成不了大画家，那就当一个小画家。

林聿言画了一个晚上，直到凌晨才躺下睡觉，画纸上的轮廓已经勾出来了，蓝天绿树，还有树上抱着猫的少年。

这次画得还不错，他本想让顾耀扬看看，顺便显摆一下，但想了想，也不知出于什么心理，又把画藏了起来。

算了，还是不要让他看见了。

两个人的关系也不很亲近，偷偷画了他，怪不好意思的。

第二天，林聿言是被手机铃声吵醒的，半梦半醒中，还以为睡在家里，哼哼唧唧地翻了个身，"砰"地掉在地上，疼得立刻清醒过来。

林聿言接通电话，不太高兴地说："你干什么啊，一大清早的。"

电话是卓航打来的，扯着嗓门吼："还早？十一点了！"

林聿言"哦"了一声，没骨头似的歪在沙发上。

卓航说："你去哪儿了？"

"嗯？"

"嗯什么嗯？我问你去哪里鬼混了啦。"

林聿言坐直，结结巴巴地说："什……什么叫鬼混？"

"哼哼。"卓航一副别瞒了，我全都知道的语气，"今天我给你打电话，是你家阿姨接的。"

放假期间他们通常用家里的电话联系，一直保留着小时候的习惯。

林聿言眨了眨眼，心想完了。

这几天没回去，跟阿姨撒谎，说去了卓航家，但顾头没顾尾，忘了找卓航通气，林聿言急忙问："那你是怎么说的？"

"我没说话啊，她开口就问是不是你缺东西了，要不要司机帮忙送过去。"卓航讲义气，"我是谁啊，立刻就发现了不对，帮你兜下来了。"

林聿言瞬间了松了一口气，去发小家外宿应该没什么问题，但如果让父母知道自己住在顾耀扬这里，就有点难办了。

母亲还好，父亲在自己交朋友这件事上，一向非常严格。

林聿言跟卓航说了谢谢。

卓航又问："快告诉我，到底去哪儿了？"

林聿言刚想说，但又想起卓航也不喜欢顾耀扬，含糊片刻，最后只说了句"朋友"。

卓航明显不信："你有哪个朋友是我不认识的！"又神秘地笑起来："林聿言？"

"啊？"

"你是不是谈恋爱了？"

"怎么可能，你不要乱猜。"林聿言松了一口气，去阳台拿了自己的衣服。

卓航笃定："肯定是！不然你去哪里住了？难道不是住在对象家里？"

"当然不是。"林聿言急忙说道。

卓航充耳不闻，认定林聿言有对象了。

林聿言这次彻底洗不清了，换了衣服，倒在沙发上发了会儿呆，又听厨房有动静，站在门口看了看。

顾耀扬正在做饭，同样照着菜谱做好，但是喷香的味道已经散发出来了。

林聿言咽了咽口水，还没接到邀请，就主动跑进去，帮着端盘子。

半个小时后，饭菜上桌，一荤一素，还有软硬适中香喷喷的米饭。

两人没什么话说，林聿言想了想，把卓航误会的事情说了出来，又气哼哼地为自己抱不平："我根本就没有谈恋爱，我还从来没喜欢过谁。"

林聿言除了喜欢画画，似乎对身边来来去去的人都不感兴趣，最多，也只能做个普通朋友。

林聿言这么多年交朋友都很被动，因为父亲管得严，关系好的也只有卓航，以及卓航认识的几个人，都跟家里有一些合作关系，跑不出一个圈子。

第一次想要背着父亲主动结交的朋友，就是顾耀扬。

结果他还是个坏蛋，总欺负人。

林聿言偷偷撇嘴，夹了一块红烧肉尝了尝，眼睛都亮了，又夹了一块，心里夸赞着好吃，好奇地问："你谈过恋爱吗？"

顾耀扬坐在对面，只吃了几口青菜，他似乎不爱吃肉，随口说："没有。"

林聿言平衡了，原来大家都一样。

顾耀扬放下筷子，靠在椅背上，看着林聿言，目光落在林聿言细软的头发上，说了句："白痴。"

出门了。

手机连续响了十几声，顾耀扬站在楼下的树下抽完最后一根烟，也没拿出来看一眼。

接下来的几天，林聿言都没有回家，顾耀扬那件黑色的衬衫被林聿言用来换洗。

林聿言赖着不走，顾耀扬也没赶人，只是把爱情电影换成了恐怖片，一天到晚鬼哭狼嚎，阴森森的。

林聿言其实挺嫌弃自己那点胆量的，有时候甚至不如个小孩。

眼下也不怪顾耀扬叫自己娇气包了，林聿言缩在沙发上瑟瑟发抖，竟然还觉得顾耀扬说得有些道理。

顾耀扬没让林聿言跟着看，播放之前还贴心地递给林聿言一对耳塞，让林聿言自己闭上眼睛睡觉。

但林聿言想练练胆儿，非常果断地拒绝了。

结果可想而知，林聿言的叫声比鬼叫声还要嘹亮。

顾耀扬一边嘲笑，一边拿着遥控器放大音量，又用耳塞堵住耳朵，开始播放下一部。

这部的剧情紧张刺激还略带悬疑，林聿言本想放弃躲出去找胡冬冬玩，但看了两眼又走不开了，抱着双腿往顾耀扬身边蹭了蹭，看着看着，就直接躲他身后去了。

沙发一共就那么点地方，林聿言挤来挤去，总是找不到合适的位置，索性蹲在顾耀扬背后，手拉着他的衣袖继续看。

人类可能都有一个共同的特点，觉得危险就敬而远之，但如果危险解除了，就会放松警惕，甚至放下所有的戒备心。

这些天过去，顾耀扬早就在林聿言的心里变了副模样。

所以林聿言觉得，此时此刻，这间屋子里最安全的地方，就是顾耀扬的身后……

"啊！"

"啊啊啊——怎……怎么了怎么了？"

顾耀扬突然喊了一声，林聿言吓得冷汗都出来了，紧紧地捏着手里的布料，一会儿看看刚结束的电影，一会儿又看看始作俑者，大眼睛飞快地眨来眨去，随时准备逃跑。

顾耀扬抬手把电视关了，淡淡地说："没事，清清嗓子。"

林聿言愣了几秒，反应过来气得忘了害怕，自身的教养不允许林聿言破口大骂，只能狠狠瞪了顾耀扬一眼。

原本今天不想再搭理顾耀扬了，但到了晚上就坚持不住了，房间里黑洞洞的，窗外连点月光都没有，闭上眼睛都是些灵异血腥的画面。

他爬起来开了灯，跑到卧室门口，敲了敲门。

顾耀扬还没睡，倚着门问："怎么？"

林聿言没承认自己害怕，理直气壮地找了个理由："你今天喊的那一声，对我的心灵造成了严重创伤。它现在特别胆小，你……你得对它负责。"

"哦？"顾耀扬问，"怎么负责？"

林聿言鼓起勇气说："它申请去卧室睡觉。"

顾耀扬倒是挺大方地点点头："那行，我睡客厅。"

说完要走，林聿言急忙拖住他的手臂："别，不行，你把沙发搬进来睡。"

折腾半晌，林聿言终于又回到了卧室，依旧睡在那张床上，现在也不在乎是软是硬了，只要有人陪着就行。

关了灯有点睡不着，察觉顾耀扬也没睡，林聿言就想跟他聊天。

"李老师的信，你看了吗？"

顾耀扬说："没有。"

林聿言说："你不是拿走了吗？"

顾耀扬说："拿走了不代表会看。"

"那……下学期，你还不去上课吗？"

顾耀扬应了一声，又说："我不去上课，你不是最高兴的？"

林聿言坦诚地说："前些天是这样想的，但是现在觉得，你也不是那么讨厌了。"

"是吗？"

"是啊，如果你能少逗我一点就更好了，没准我们还能成为朋友呢。"

顾耀扬轻笑："那还是别当朋友了。"

"你……"林聿言刚刚支起手肘，听顾耀扬这么说又撇了撇嘴，躺了回去，小声嘀咕，"你这个人还真是……"

讨厌？

不够友好？

具体该用哪个词形容，林聿言也不清楚，话都说到这个份上了，难道还不够明显吗？林聿言重重地叹了一口气，然后转过身去。

自己果然还是想和顾耀扬成为朋友。

第一眼见到顾耀扬的时候，就是这么想的。

第二天一早，林聿言又是在床上醒来的，顾耀扬不在，七八点的时候，似乎听到他接了个电话，应该去上班了。

林聿言一个人无所事事，坐在画板前继续画那幅没完成的作品。

这时，手机突然响了，是家里阿姨打来的。

她问林聿言什么时候回家，明天父亲有一天的空闲，要过去吃饭。

看来，自己是不能再住在顾耀扬家了。

林聿言站起来到处看看，除了那几张画纸，似乎也没什么可收拾的，又翻了翻手机备忘录，拿着顾耀扬家里的钥匙，走到街口，拦下了一辆出租车，去了酒吧街。

白天的酒吧街基本没人，林聿言凭着那天的记忆，拐进了玲姐的小店。

酒保正躲在吧台后面打瞌睡，林聿言正想着怎么叫醒他，那位面熟的大哥自己却先醒了。

"哟，这不是方杰带来的小孩吗？"

林聿言礼貌地说了声："您好。"又问："顾耀扬在吗？"

酒保似乎知道林聿言跟顾耀扬认识，拿起手机说："等等啊，帮你叫一声。"

林聿言点了点头，随便找了一个空位坐下了，酒吧里这么安静，根本想象不到，下面会藏着一个见不得光的比赛场。

林聿言想，顾耀扬如果一直留在这里，也可能会有危险吧……

但他们之间没什么关系，林聿言没办法给出合理的关心。

几分钟后，顾耀扬从电梯里出来，手上依旧绑着专业防护绷带，问林聿言来干什么。

林聿言对他笑了笑，说自己该走了，又把钥匙递给顾耀扬。

顾耀扬点头，没有一点挽留的意思，态度冷冷淡淡的，更没说以后再见的话。

倒是林聿言，手上始终拿着一个精致的小盒子，过来的时候特意让司机绕了一圈，去了附近最大的商场，说是最大的，其实也没大到哪儿去，幸好要买的东西不算特殊，很容易就找到了。

林聿言递给顾耀扬，说："这个送给你。"

顾耀扬没接，疑惑地看着林聿言。

林聿言只好帮他打开，问道："今天是你的生日吗？"

顾耀扬怔了怔，没有出声。

林聿言已经习惯了，自言自语地说："如果早了，就当我提前送的，如果晚了，就当我后补的吧。"

林聿言从盒子里拿出一枚深蓝色的钻石耳钉，怕顾耀扬不清楚他是怎么知道的，又解释道："那天你让我跟方杰回去的时候，我不小心听到玲姐说了。"

"她没说具体的日期，我就只能今天送给你了。"前后应该差不了几天，林聿言举着那枚耳钉，但顾耀扬皱了皱眉，依旧没接。

"你……你不要觉得贵重。"林聿言说，"这个不贵，应该是人造钻石的，钱也是我自己赚的。"

顾耀扬垂着眼："你还会赚钱？"

林聿言说："别小瞧人了，学校里组织的好多比赛都有奖金，我也不是特别差劲的好不好。"顾耀扬始终没有接受的意思，林聿言就试探性地抬起手，碰了碰他的左耳朵。

见顾耀扬没躲开，就把他耳朵上的那根茶叶棍取了下来，微微踮起脚，帮他把新买来的耳钉戴了上去。

"为什么送我礼物？"

林聿言盯着顾耀扬看，心想：果然还是这个适合他，阳光下闪闪的，特别亮眼。

于是林聿言咧开嘴笑道："需要理由吗？"

"为什么不需要？你不是……"

话音未落，林聿言就抢先一步，得意扬扬地说："我觉得，不需要。"

林聿言走后，顾耀扬又回到了地下一层。这里是个办公区，玲姐也在，桌上摆了好几份合同，都是圈内顶级俱乐部的邀请，想跟顾耀扬签约。

玲姐说:"这几家都非常不错,就是总部远了点,在国外,但待遇方面有足够的保证。"

顾耀扬拽了一把椅子坐下,随手拿起一份合同看了看。

玲姐有些惊讶,往常顾耀扬对这些事情理都不理,今天居然有了动作:"你觉得……哟?"她话锋一转,目光落在顾耀扬的耳朵上,问道:"哪儿来的耳钉?"

顾耀扬挑了挑眉,没告诉她,眼神里却透着明显的愉悦。

玲姐怔了片刻,靠在椅子上点了一根女士香烟,觉得有些欣慰。这么多年过去,她终于在顾耀扬的眼睛里看到一点光了。

玲姐本名叫邹玉玲,她嫌老气,从不对外公开,年纪轻轻就开始在底层打拼,自然也认识顾耀扬的父亲。

那是个厉害的人物。

顾耀扬虽然没掺和过父亲的事情,但是作为他的儿子,从出生的那一刻开始,就注定了不平凡。

顾耀扬不可能去外面上学,也不可能认识正常的同龄人,每天除了学习防身技巧,就是跟着私人老师上课,哪怕会的东西再多,对他来讲,都没有太大的意义。

毕竟,他很有可能活不到明天。

十二岁那年,意料之中的事情发生了,顾家出事了,就连顾耀扬都被牵连,只剩下一口气。

玲姐不知道顾耀扬是怎么逃出来的,再次见到他,就是在擂台上了。

或多或少,顾家对她有些恩情,她也没什么能帮的,就让他暂且留在酒吧了。

"你觉得，顾鸿那个老头子，还能出来吗？"

玲姐轻轻吐了口烟圈，烟嘴上沾了一层淡淡的口红。

顾耀扬翻着合同，说："不知道。"

玲姐说："我觉得他出不出来，对你都没什么影响了吧？"

顾耀扬似乎正在研究某条合同的条款，并没有回应玲姐的问话。

玲姐说："我劝你别等了，等他出来都什么年月了？没准他哪天得个癌症死了呢？你刚满十九岁，你的人生才刚刚开始，你总不能一直这样……"

"你这话听起来倒像个好人。"顾耀扬抬眼瞥她，冷冷地开口。

玲姐没点儿自觉，反问："我哪里不像好人？"

顾耀扬不想跟她废话，合同扔回桌上，站起来说："就这家吧。"

玲姐眨眨眼，没反应过来他话里的意思："什么就这家？"

顾耀扬没解释，转身离开，又补了一句："但我不做选手。"

不做选手……

难道他的意思是……同意签约？

玲姐在办公室愣了十几分钟，没想到说了两年多的事情，如今顾耀扬竟然就这么利落地答应了？！

她急忙踩着十几厘米的高跟鞋跑到门口，对着空无一人的走廊喊道："那你要做什么？！"

没人理她，除了空荡荡的回声。

Chapter 07

八小时的时差

那座城市叫莫斯汀，坐飞机需要十一个小时。

　　林聿言中午就到家了，先把身上的衣服换掉，怕阿姨发现上面洗不掉的油点子，问他和卓航干什么去了。

　　他不太擅长撒谎，阿姨又什么情况都跟父母说。

　　倒也不怪阿姨，那是她的工作职责。

　　一猛子扎进软绵绵的大床上，林聿言竟然有点恍如隔世的感觉，明明才过去一周左右，却充实得像是过了一年。

　　林聿言见到了很多没见过的事情，遇到了一些这辈子都不可能接触的人，学会了煮面、炒菜、洗衣服，虽然饭做得非常难吃，衣服也没干净，但是这些事情至少都是自己亲手做的。

　　林聿言看了一眼时间，想给顾耀扬发条短信报个平安，又猛地想起根本没要过顾耀扬的手机号码。

算了。

林聿言闭上眼睛，想着他们以后应该都不会再有联系了，报不报平安，都无所谓了。

他躺了五分钟又匆匆爬起来，跑到书房从书包里翻出一张字条。

上面写着顾耀扬随意留给学校的地址，还有一串清晰明了的手机号码，林聿言"嘿嘿"笑了两声，把手机号存上，又发了一条短信，自报家门。

过了半晌，没人回复，林聿言猜想他正在忙，把手机放在一边，回房间去了。

第二天，父亲准时回来，他向来守时，刚好晚上七点。

林聿言站在客厅乖巧地等他进门，喊了一声："爸爸。"

林致远四十几岁，穿了一身铁灰色的西装，戴着眼镜，面容严肃。

许久没见林聿言，也没有任何热情的表现，微微点头，直接去了餐厅。

阿姨给他递了温热的毛巾擦手，又递给林聿言一块毛巾，开始上菜。

林聿言规规矩矩地坐着，直到父亲拿起筷子，才抬手夹了一颗虾仁。

"最近去卓航家里了？"林致远声如沉钟，眉宇间藏着一个浅浅的"川"字。

林聿言"嗯"了一声，怕说错话，没敢补充。

林致远似乎对这件事情有些不满，看着林聿言说："我不阻止你和他交朋友，但也不要过分亲密。你们以后是竞争对手，不要因为关系好，就忘了这一点。"

林聿言应了一声，并没有反驳，但在心中腹诽着父亲一向如此，所以自己才会没有朋友。

"去哪所大学选好了吗？"林致远又问。

林聿言说："现……现在还没开始报……"

"去学管理吧。"林致远没听林聿言说完，自行决定，"学校我已经给你找好了，本市那所经管。不能走得太远，假期要去公司实习。"

林聿言怔了怔，放下筷子说："我想报艺术……"

林致远皱眉，再次打断林聿言的话："你还想学画画？"

林聿言点了点头。

林致远不客气地问："你画得好吗？"

说完这句话，林聿言彻底沉默了下来，林致远吃过饭就走了，他还有个会议要开，等不到林聿言把饭吃完。

林聿言听着沉重的关门声，始终低着头，盘子里的虾仁还剩下一半，林聿言忍了忍，还是没忍住，掉了眼泪。

自己确实画得不好，可父亲这样直白地说出来，还是让林聿言觉得难受。

手机响个不停，阿姨从楼上拿了过来，林聿言说了声"谢谢"，离开餐厅才接通了电话。

电话是顾耀扬打来的，他收到短信现在才有时间回复。

林聿言带着浓重的鼻音，闷闷地说声："喂。"

顾耀扬立刻问道："声音怎么了？"

"没事啊。"林聿言随意编个理由，"刚刚打喷嚏了。"倒是顾耀扬那边声音乱糟糟的，听起来不在家里，"你去酒吧了吗？"

顾耀扬说："没有。"又不知对谁说了一句改签，才问："你发短信有什么事？"

林聿言说："没事，就想告诉你一声，我到家了。"

"哦。"

林聿言心里委屈，又不敢哼唧出声，先遮遮掩掩地假装打个喷嚏，才吸着鼻子说："那……那没什么事情，我先挂了。"

顾耀扬说"行"，两人同时挂了电话。

林聿言轻轻叹了一口气，打开画室的门，坐在地上翻着从小到大画过的东西，有些还可以，有些确实不怎么样。

明明前几天才恢复信心，父亲的一句话又将林聿言打入谷底。

林聿言觉得无地自容，很想找个地方藏起来，莫名地就想到了顾耀扬。

他身后可真安全，如果他在就好了，可以让自己暂时躲一会儿。

不知过了多久，"咚"的一声，阳台的窗户像是被人砸了一下，林聿言疑惑地站起来，走过去推开了玻璃门。

外面的风有点凉，好像是阴天了，院子周围的矮墙上多了一层防护网，是林聿言前些日子让阿姨装上的，据说通了电，没人敢爬进来。

林聿言低下头，刚好看到墙外的路灯下站着一个人，身边还放着一个行李箱。

是顾耀扬。

"你……你怎么来了？"

顾耀扬倚着灯柱，轻飘飘地说："来看你哭啊。"

林聿言差点忘了这茬，急忙擦了擦红肿的眼睛，强压着成倍增长的委屈，哽咽地否认道："我……我才没哭。"

刚说完，豆大的泪珠就不给面子地砸了下来，比刚刚还要汹涌。

林聿言胡乱擦着，心想太奇怪了，根本不知道这份额外的委屈是哪里来的，可从见到顾耀扬的那一秒开始，它就莫名地来了。

顾耀扬站在外面上不来，林聿言只好换了一件衣服下去。阿姨已经睡着了，也不用跟她解释外面是谁来了。

林聿言的鼻音还是有点重，眼泪倒是止住了，刚刚那股莫名的情绪实在摸不着头脑，此时站在顾耀扬面前，还有点不好意思。

他看了一眼行李箱，问道："你要去哪儿啊？"

顾耀扬说："国外。"

林聿言怔了怔："去旅游吗？"

顾耀扬："不是。"

林聿言又想了想，突然睁大眼睛："你不会是……"

顾耀扬问："是什么？"

"你不会要去打职业比赛吧？！"

顾耀扬看似惊讶地说："这也能猜到？"

林聿言擦了擦眼角，有点得意："玲姐提到过。"

顾耀扬捏着林聿言的红鼻头说："你到底偷听了多少？"

林聿言赶紧拍开他的手，闷声闷气地说："就听到几句重点。"又急切地问："到底是不是啊？"

林聿言眼中的惊喜根本藏不住，刚刚还哭得乱七八糟，这会儿又要开心地笑起来。

顾耀扬说："差不多。"

林聿言心里高兴，本来就担心顾耀扬一直留在黑市会有危险，如果去打职业比赛，那就不一样了，最起码生命安全是有保障的。

虽然被对手打在身上肯定还是很疼，但孰轻孰重，还是打职业赛好。

"你为什么哭？"顾耀扬看着林聿言微肿的眼睛问道。

这么近距离，林聿言也没办法再隐瞒了，叹了一口气，老实交代道："是我爸爸……说我。"

林聿言本以为顾耀扬会笑话自己没出息，父亲说几句就哭鼻子，却没想到他认真地问："说你什么？"

"就……就不同意我报艺术类的院校，你也知道我画画不好，但又想继续学……他……他就觉得我可能在浪费时间吧。"他又苦涩地笑了笑，低着头抠着手指，"不过我都习惯了，他就是这样，而且他说的也是实……"

"不是。"

"嗯？"林聿言抬起头，听到顾耀扬说："他说的不是实话，你画得很好。"

林聿言撇了撇嘴，眼睛里起了一层薄雾："不用安慰我。"

顾耀扬说："没有。"

林聿言安静了几秒，嗓子里像是哽着什么东西，强忍着变调的声音说："那你还说……我画的小鹿犬，像荷兰猪。"

顾耀扬"扑哧"笑出声来："那个确实有点像。"

林聿言气哼哼地把头扭到一边，顾耀扬却突然伸手摸了摸林聿言的头。

林聿言问："干什么？"

顾耀扬说："我要走了。"

林聿言"哦"了一声，不过犹豫了一瞬间，便给了顾耀扬一个大大的拥抱。

"顾耀扬。"

"嗯。"

林聿言问："我真的画得好吗？"

顾耀扬说："真的。"

"你没骗我吗？"

"你猜。"

林聿言把整张脸贴在他的肩膀上，闷闷地说："我就知道你是逗我玩的。"

但此时林聿言真的很需要这样的安慰，还是轻轻说了声："谢谢。"

林聿言问顾耀扬什么时候回国，顾耀扬说不太清楚，林聿言又问："那我们可以电话联系吗？"

顾耀扬说："可以。"他似笑非笑地问道："你这么想跟我联系？"

林聿言眨眨眼："有什么不对吗？"说着，学着他勾起嘴角："朋友之间难道不能联系吗！"

顾耀扬听完，轻笑了一下，看了眼时间，准备走了。

林聿言的心情好了很多，也不再开玩笑了，让顾耀扬到了国外注意身体。

顾耀扬点头，人都走了，又回头退了几步，说道："你前几天画的那幅画确实很好。"

前几天？那岂不是……

"但有些刻意突出我了，猫都画成猪了，树也有一点歪，你就不怕我从那棵树上掉下去。"

"你……你……"林聿言瞳孔变大，"你怎么可以偷看我的隐私？"

"哦？"顾耀扬疑惑地问，"我什么时候成了你的隐私？"

林聿言一下子就解释不清了，跑到顾耀扬身后推着他走："你快点吧，一会儿赶不上飞机了。"

顾耀扬要去的那座城市叫莫斯汀，坐飞机需要十一个小时，跟临州市有着八小时的时差和严重的气温差。

这边是盛夏，那边是严冬。

林聿言还没去过那里，但以前做过旅游攻略，知道那边有着漂亮的极光和雪堆的房子。

前些年，林聿言和父母提起过，很想等三个人都闲下来了，一起过去看看，但等了好几年，父亲越来越忙，母亲也没能抽出时间。

而且父亲向来不喜欢把时间浪费在没有意义的事情上，旅游如此，如今跟儿子同桌吃饭，也变得如此。

　　林聿言坐在书房打开电脑，又搜了很多关于莫斯汀的介绍，顺便看了一眼天气情况，果然很冷，将近零下二十度了。

　　也不知道顾耀扬能不能习惯那里的温度，他如果怕冷就糟糕了，住的地方会有空调和壁炉吗？条件会不会很艰苦？他的衣服带够了？能吃得惯那里的食物吗？

　　听说那里的人都喜欢吃生的东西……不过幸好他会做饭，如果条件允许，可以自己做吧？

　　林聿言又输入了几个关键词，查找着关于格斗比赛的新闻，林聿言对这个行业不太了解，第一次坐在电脑前搜索相关资料。

　　按正常流程来讲，顾耀扬应该先去某家俱乐部进行训练，再由俱乐部推荐到职业赛场，通过一轮又一轮的选拔和淘汰，最终有机会进入相关组织举办的职业赛事。

　　那具体的推荐条件是什么？如果大老远跑过去，没人推荐就糟了。

　　啊，找到了。林聿言点开一份密密麻麻的推荐须知，零零散散十几页。

　　他对着电脑一条一条地仔细阅读，还建了一个文档，把比较重要的粘贴下来，刚准备翻到下页，手上的动作却顿住了。

　　奇怪，自己这是……在干什么？

　　林聿言怔了怔，看着桌子上的笔记和电脑屏幕上显示专业资料，困惑地抓了抓头发，又不是自己去参加职业赛，了解得这么详细准备干什么？

深夜，临州机场依旧人山人海。

玲姐的行李箱塞满了冬衣，坐在贵宾区无聊地补妆，她旁边是邵征，第一次坐飞机，第一次穿得规规矩矩，要是时间允许，他还想把头发给染黑了，好好捯饬一下。

已经过去两个小时了，顾耀扬还没回来，眼看改签的那班红眼就要飞走了，连他的人影还没见着。玲姐把眉笔扔进包里，问邵征："他不会反悔了吧？"

邵征说："不会的，耀扬向来说什么是什么。"

今天上午刚敲定了俱乐部，下午就订了机票。玲姐跟着过去考察，也带上了邵征，让他跟着跑腿。

本来这会儿几个人都应该在天上飞了，但顾耀扬中途打了个电话，说了句改签人就走了，扔下他们两个枯等，催也不敢催。

邵征是不敢，玲姐是催不动。

她把披散的卷发绑起来，模样年轻了许多，打眼一看，根本看不出来是个地下拳场的负责人，又问："你知道耀扬给谁打的电话吗？"

邵征其实猜到了一点，百分之七十是林聿言，可他又觉得林聿言没那么大本事，毕竟顾耀扬平时连电话都懒得接，主动联系谁更是不可能。

没等邵征回应，玲姐又问："他那枚耳钉，是不是……姓林的小孩送的？"

邵征不知道，玲姐想了想，拿出手机给吧台打了电话，找到今天早上值班的人，又问了她刚刚猜测的事。

结果还真是。

她跟邵征对视了一眼，八卦地问："那个姓林的小朋友，是耀扬的同学？"

邵征说是，又把他们认识的经过大概说了一遍。

玲姐听完跷起腿，纤细的手指搭在膝盖上敲了敲，意味深长地吹了声口哨。

邵征帮顾耀扬解释："耀扬就是觉得好玩。"

话音刚落，顾耀扬就拖着行李进来了，冷声说："谁告诉你，我觉得林聿言好玩？"

邵征眨眨眼："你不是……单纯地逗林聿言玩玩吗？"

顾耀扬冷眼瞥他："我没事逗林聿言玩什么？你见我逗你玩了？"

第二天，卓航终于见到林聿言了。

两人还是约在校外的快餐厅，打算找几个关系不错的朋友去游乐场玩一圈。

这时候水上乐园刚好开放，卓航心里打着小算盘，特意邀请学姐一起参加。

林聿言难得迟到一回，半个小时后才到，顶着两只核桃似的大眼睛，还挂着异常明显的黑眼圈。

卓航问："你昨晚当贼去了？"

林聿言坐在椅子上，无精打采地说："没有。"

昨晚没睡好，要说自己对顾耀扬这个朋友的关心，好像有点太上头。

卓航也打过比赛，自己连看都没看，说起来有些对不起卓航，可自己对电竞真的没有一点兴趣。

但自己对格斗更没有兴趣啊。

林聿言想不明白，就打算回家睡觉。

卓航今天也有点反常，没打游戏，反而抱着一本建筑图鉴看得津津有味，边看还边查阅资料，电脑上都是关于某位建筑师的相关资料。

林聿言跟着看了一会儿，问道："你想学建筑设计吗？"

卓航说："不学不学，钢筋水泥的，太枯燥了。"

林聿言说："那你看这些干什么？"

"一个学姐，她马上就要走了，我得把握机会。"

林聿言不懂："为什么要看这些？"

卓航说："你这么傻到底以后怎么找得到对象？"

林聿言无奈："你这次是认真的吗？"

卓航埋头苦读："当然是认真的。你见我哪次这么积极查阅资料了？我又不懂建筑……"

"咣当"一声，对面的椅子倒在地上，卓航吓了一跳，赶紧抬头，林聿言不知什么时候站起来了。

林聿言看了眼时间，想着顾耀扬应该转机了。

果然，没过几分钟，顾耀扬发来一条短信，回复了昨晚的消息。

林聿言昨天还是把整理好的资料打包发了过去，也不管顾耀扬有没有了解过，都是有用的东西，重复了也没关系。

两人敲定了后天去游乐场，林聿言就回家了。下午他睡了一会儿，爬起来又开始画画。

林聿言其实专注地学过一段时间，但因为什么风格都想尝试，就变得哪种风格都画不好了。

之前还特意请了老师，老师碍于他父母的关系，从来没对他说过一句重话，偶尔指点指点，也都是书面上的内容。

有一天，林聿言听到老师跟朋友打电话，说富二代可不敢惹，就算画得不好，也得夸到天上，又说林聿言母亲是有名的设计师，空出点时间教一教，就能教好，自己不过就是混点工资，根本没上心。

老师说完转头，看到了坐在楼梯上的林聿言，急忙挂断手机，慌乱地解释起来。

林聿言认真地听他说完，尴尬地笑了笑，从那以后就再也没找过老师了。

林聿言不是怕别人嘲笑自己画得不好，而是怕给忙碌的妈妈丢人。

此时坐在画板前，他又在新的画纸上勾勒出顾耀扬的模样，对着昨天对方挑出来的问题，一点一点地改进。

画顾耀扬眼睛的时候，林聿言就冲他吐了吐舌头，而画他嘴巴的时候，还在上面贴了张封条。

到了凌晨，林聿言都没睡下，偶尔看一眼手机，连着打了好几个哈欠。

两个小时前，林聿言给顾耀扬发了信息，问他是不是快到了。但是始终没得到回应，如果航班没有晚点的话，这个时间刚好到了。

林聿言想再等等，结果又等了一个小时，顾耀扬依旧没有回复。

林聿言困得眼睛都睁不开了，画笔也放到一旁，又发了一条短信问：到了吗？

这次没等太久，信息发过去的瞬间，顾耀扬的电话就打了过来，沉声问："还没睡？"

林聿言揉着眼睛说："等你的短信啊。"

"你……"顾耀扬沉默了许久，再开口时，竟然说了一句，"抱歉。"

"我以为你已经睡了。"

"所以怕手机铃声吵醒我吗？"林聿言第一次从顾耀扬嘴里听到抱歉两个字，新奇得不得了，一下子就来了精神，笑着问，"已经到了吧？"

顾耀扬"嗯"了一声，没反驳林聿言之前的那句话。

林聿言问："那边冷吗？"

顾耀扬说："还好，下雪了。"

林聿言说："下雪不稀奇，不下雪才稀奇。"又问："你已经到俱乐部了吗？"

顾耀扬："嗯。"

林聿言说："昨天都忘了问你，你要去的那家俱乐部叫什么名字呀？"

顾耀扬说："Light3。"

"啊，我知道！"林聿言之前查到过这家，据说是当地最高级，也是最权威的格斗俱乐部，名字的意思是"光和太阳"。

听说负责人的祖籍也是临州市的，至于为什么把总部设在那么偏远的外国雪村，就不得而知了。

不过条件和待遇都应该不错，林聿言问："宿舍的环境好不好？"

话音落下，顾耀扬就把电话挂断了转成视频，林聿言立刻挥了挥手，笑着说："晚上好呀。"

顾耀扬对着屏幕看了几秒，才问："还在画室？"

"嗯。"林聿言说，"一直在画画，就忘了时间。"

顾耀扬应该在外面，身上多了一件黑色的羽绒服，毛茸茸的领子上沾着刚刚落下的雪花。

他果然喜欢黑色，由里到外所有衣服都是黑色。

林聿言问："还没到宿舍吗？"

顾耀扬拿出一把钥匙，又切换镜头给他看了一眼面前的房子，是一栋两层高的小别墅，厚厚的雪花堆在屋顶上，门口挂着一盏镂空尖顶的壁灯。

看起来还不错？林聿言左右歪着头看了半天，很想进去参观一下，但又怕是集体宿舍，窥探到外人的隐私就不好了。

顾耀扬察觉到了林聿言的想法，挑了挑眉，问道："想进去看看吗？"

林聿言说："不太好吧，如果有外人的话……"

"没有外人，我自己住在这里。"

林聿言眨眨眼："你一个人住吗？格斗选手的待遇都这

么好吗？"

顾耀扬说："我比较特殊。"

林聿言疑惑地问："哪里特殊了？"

顾耀扬把镜头转了回来，笑着说："我不属于外人吧。"

"……幼……幼稚。"林聿言怔了几秒，才反应过来顾耀扬话里的意思，赶忙转移话题，催他进门。

顾耀扬说："你先去洗脸刷牙，回卧室。"

但林聿言想先参观一下房子。

顾耀扬说："不行。"

"可是……"

顾耀扬冷漠："挂了。"

"好好好，别挂别挂，我现在去。"林聿言拿着手机冲到浴室，急匆匆地洗漱完跳到床上，问道，"现在可以开门了吗？"

顾耀扬说："躺好。"

林聿言又乖乖地躺下，等着顾耀扬打开房门。

虽然视线停留在门外时就有了心理准备，但真正跟着顾耀扬走进他房间的那一刻，林聿言还是感叹连连。

深咖色的地板，暖黄色的灯光，古典的皮质沙发上扔着一条厚厚的毯子，正前方真的有壁炉，但看起来只是一个简单的设计，不过房间里应该不冷，顾耀扬把外套都脱掉了。

林聿言问："真的只有你一个人住吗？"

"嗯。"

"为什么？我昨天查了一下资料，很多选手都是一起居住的。”

顾耀扬这次没逗林聿言：“我不是来做选手的。”

“嗯？那……那你去做什么？”

“你猜。”顾耀扬卖了个关子，带着林聿言在屋里走了一圈，林聿言越来越精神，每一个角落都不想放过。顾耀扬瞥了眼时间，国内已经凌晨三点了。

可有人不想睡觉，问东问西，好奇得要命。顾耀扬戳了戳屏幕上那双硕大的黑眼圈，走到了一个老式留声机前。

林聿言问：“这个也可以用吗？”

顾耀扬说：“应该可以。”又随手挑了一张唱片，放了一首轻轻柔柔的曲子。

林聿言跟着听了几分钟，眼睛就睁不开，可还想去楼上看看，迷迷糊糊地问：“二楼是你的卧室吗？”

“嗯。”

“我能参观一下吗？”

顾耀扬嘴上说可以，却一直在留声机旁边徘徊，他刚刚放的这首曲子是本地著名的晚安曲。

此时正顺着话筒钻进了林聿言的耳朵里，顾耀扬态度强硬地哄着，直到林聿言沉沉地睡着了。

Chapter 08

配不上那样的高度

毕竟这么漂亮的东西，不应该插在烂泥里。

　　隔天，林聿言顶着三十八度的高温，来到游乐场跟卓航会合。

　　同行的还有卓航那边的几个朋友，学姐也成功约到了，都带着泳衣，热得满头大汗。

　　其中有个同学叫许泽，长得白白净净，跟林聿言关系不错，之前聊过几句。

　　今天林聿言能见到许泽有些意外，如果放在平时，像这样的暴晒天气，许泽根本不会出门。

　　许泽撑着一把太阳伞，跟林聿言打了声招呼。

　　林聿言笑了笑，还没张嘴，就被拉到伞下一起站着。

　　许泽说："别站阳光底下，到时候晒得跟卓航一样黑，可就完了。"

林聿言笑着说："晒一会儿没事。"

许泽拖了一个大号的行李箱，里面都是些护肤品和防晒霜，知道的是来游乐场玩的，不知道的还以为这是要长途旅行。

许泽随手翻出一瓶防晒霜涂在手背上，还分给林聿言一些："怎么没事了，不管男女，都要活得精致一些。"

许泽说话有些过于温柔，看得出来也挺喜欢林聿言的，每次出去玩都跟林聿言凑一起，这次也不例外。

卓航总说许泽黏着林聿言，许泽觑着眼看他，说茫茫人海，难得碰到一个有同样爱好的人，当然要搞好关系。

林聿言傻乎乎地跟着点头，许泽也喜欢画画，且跟自己一样没有天分。

园区内，所有娱乐项目都排满了人，游泳池里都跟下饺子似的，根本挤不动。

许泽嫌脏，拉着林聿言坐在附近的咖啡厅避暑，这边消费高，人并不是很多，靠窗的位置刚好能看到穿着泳衣到处跑的男男女女。

卓航正跟学姐坐在水池边聊天，具体聊什么不清楚，但看他那副侃侃而谈的样子，估计是把建筑图鉴啃透了。

"唉……"

许泽趴在窗户上看了半晌，发出一声长叹，林聿言问："怎么了？"

"果然就不该来。"许泽嘬着冰咖啡的吸管，喝了一口，"这种地方根本扒拉不出几个能看的。"

林聿言眨眨眼："你……你在看什么？"

话问出来林聿言就后悔了，大家都穿着泳衣还能看什么？他干咳了一声，端起咖啡想要转移话题。

许泽从头到尾打量了林聿言一遍，又随口问："你有喜欢的人了吗？"

林聿言说："没有。"

"一直都没有？"

林聿言还特意仰头想了想，肯定地说："没有。"

"不应该啊。"许泽说，"从小到大遇到了这么多人，欣赏总是有的吧？"

林聿言说："喜欢的画家算吗？"

许泽直白道："是我想的那种喜欢吗？"

"不不不，不是，我就……我就是喜欢他的画。"

许泽头疼："那你还是喜欢画，不是喜欢人啊。"

林聿言困惑："那……好像没有。"

第二天，林聿言一大早爬了起来，今天要去看一个画展，距离家里不远，骑着自行车就能过去。

车库里放着的那辆自行车还是前几年买的，一直没怎么骑，今天特意搬出来晒晒太阳，擦了擦灰。

车身很酷，飞轮和碟片都是限量组件，林聿言觉得这辆车挺适合顾耀扬的，如果是他骑，应该十分帅气，想着便拿出手机拍了张照片。

刚翻到顾耀扬的电话，林聿言又想起这几天本来计划好不再频繁打扰他了。林聿言盯着对话框有些犯愁，犹豫了一会儿，发给卓航了。

卓航没有回复，林聿言也没在意，跑到楼上换了衣服，赶去画展。这次的展要比上次高端很多，汇聚了不少国内外著名的画家，还有一些画集发售，林聿言期待了很久。

林聿言到的时候，展厅里已经有很多人了，跟着大家走走停停，最终定在一幅印象派油画面前。

这幅画有些特别，拳台上站着一个瘦弱的背影，对面是一只巨大的黑猩猩。猩猩的体型是少年的几十倍，夸张地布满了整个背景，面目狰狞，十分可怖。

画的名字就叫《擂台》，猩猩周围还有无数观众拍手叫好。

林聿言看不到少年的脸，只能在他背上看到一条没有刻意描绘，隐隐约约存在的伤疤。

"你很喜欢这幅画？"这时，有人走到他的身边。

林聿言扭头，看到了一位西装革履，戴着钟形帽的先生。

他看起来五十多岁，嘴边的胡子做了造型，一边黑一边白，修剪得整整齐齐，非常有辨识度。

"您是……"林聿言瞪大眼睛，"您是曾毅先生？"

曾毅先生是这幅画的作者，对着林聿言微笑道："没想你竟然认识我？"

林聿言激动地说："我很喜欢您的画，您的每一本画集我都有买。"

"哦？"曾先生捋着嘴边那撮小山羊胡子哈哈笑道，"我在国内这么有名了？"

林聿言说："不……不是名气大小的问题，哪怕您没有一点名气，只看到您的画，我都会喜欢的。"

曾先生又笑了起来，拍了拍林聿言的肩膀，看着墙上的画说："我啊，很喜欢格斗，要不是体格不好，入错了行，也想跟这位少年一样，在擂台上挥洒汗水。"

林聿言觉得这幅画有些熟悉，尤其是那位背上有疤的少年，想要详细地问，曾先生已经走了，连张合照都没要到。

但这样也没能阻止林聿言愉悦的心情，看完画展急匆匆跑出来，想要跟顾耀扬分享喜悦的心情，刚拿出手机，又停住了。

林聿言想了想，愁眉苦脸地发给卓航了。

卓航今天睡了一天，昏天黑地，半夜才爬起来，拿起手机看了眼时间，十几条信息嗖嗖嗖跳出来，他还以为是学姐想他了，没来得及高兴，发现是林聿言。

"这些都是什么啊……"卓航眉毛一高一低，端着手机翻了翻，自行车、画展大厅、路边的小蚂蚁、刚盛开的小野花、奇形怪状的云，坏掉的红绿灯、晚饭是红烧肉？

林聿言：红烧肉还没我做得好吃。

卓航惊恐地回复：我什么时候会做红烧肉了？

林聿言秒回：晚安，我睡觉了。

卓航捶了捶脑袋，心想是林聿言哪根筋没搭对，也没放在心上。

谁想接下来两天，天天如此，林聿言还变本加厉，短信越来越多，配的句子也莫名其妙。

卓航忍不了了，给林聿言打了个电话："你发那些是什么意思啊？我什么时候爬过树啊？"

林聿言正在画画，对着顾耀扬的脸叹了一口气，说："没什么。"

听语气就不像没事，卓航想了想，突然悟到了："你该不会是……"

林聿言拿着画笔涂涂抹抹，再次强调："我没事。"

卓航早就习惯林聿言嘴硬，张口就"安慰"道："算了，你想发什么就发吧，作为好朋友就是要在你不开心的时候挺身而出。"

"谁……谁说我不开心了？"林聿言的声音瞬间拔高，有一种被别人戳破心事的错觉。

林聿言挂了卓航的电话，发现通信录里有一条未接来电，竟然是顾耀扬的。

正想着要不要回复，电话又响了起来，林聿言纠结半晌，颤颤巍巍地把手机放在床上，自己躲在门口。

不能接，一定要坚持住，顾耀扬很忙的，不能总是打扰他。

"啪"的一声，林聿言拍了一下想要去接电话的手，疼得眼圈泛红。

可根本控制不住，就是想关心他，好奇他在做什么，想问问他吃得好不好，好奇他习惯那边的气温了吗？

十几秒后，铃声停止了，林聿言趴在门口又等了一会儿，直到顾耀扬没再打过来，才松了一口气，随之而来的又是一股莫名的失落感，坐在门口委屈地撇了撇嘴。

晚饭，母亲终于空闲下来，抽空给林聿言发了一条视频，问最近好不好。

林聿言强颜欢笑，好几次都答非所问。

徐静兰虽然不怎么在家，但也能发现自家孩子的异常情绪，试探地问道："言言，怎么了？"

林聿言正在走神，叫了好几声才慢半拍地回答："没事。"

"真的没事？"

林聿言摇了摇头，不知怎么就说了一句："妈妈，我可以出去玩吗？"

徐静兰说："可以呀，你想去哪儿？"

"我……我想去看雪。"

这句话说得非常突然，像是没过脑子，等林聿言反应过来，自己已经穿着厚厚的羽绒服，拖着行李箱，站在 Light3 门口了。

林聿言不能理解自己为什么会做出这样的决定，但人既然来了，就想面对自己的内心。

无论是向往顾耀扬的勇敢，还是对顾耀扬个性的欣赏甚至崇拜，总之，他确实想和顾耀扬成为很好的朋友，这份心情大概是得到了确定。

只是不知道，顾耀扬欢不欢迎自己。

Light3 作为顶级的俱乐部之一，并没有多豪华的外表，普普通通的三层小楼，完全融入这座雪做的城市。

下午三点，俱乐部的大门敞开了，里面有人陆陆续续地走出来，全都又高又壮，穿着薄薄的外套，有些龇牙咧嘴，有些满身是伤，还有几个走都走不稳，让同伴搀着，他们穿着同样的队服，看样子是在这里训练的选手。

林聿言扶着行李箱往后退了半步，听到一个鼻青脸肿的选手带着哭腔说："我就说……我就说他根本不是人，就是个魔鬼！你们回国特训的时候又不是没跟他打过，他手软过吗？我是沙袋吗？我堂堂临州市区级联赛甲等冠军，我不要面子吗？就这么打我，我妈大老远把我送来是让我挨打的吗？我……我不要脸吗？"

说着说着还抹起眼泪，旁边扶着他的那位也没好到哪儿去，嘴角都破了，肿着大小眼说："到底怎么了啊？前两天不还和颜悦色的吗？我还想着当了教练能对咱们好点，怎么下手还那么狠？"

"我怀疑是电话的问题。"一个黑皮粉毛的外国人说，"他那天打了两个电话，对方都没接，当时气压就不对了，吓得我都没敢上厕所。"

"真的？谁敢不接他的电话？"

"哎哎哎，别说了，出来了出来了。"这边话音刚落，堵在门口说悄悄话的几名选手全都一哄而散，跑起来比兔子还快，根本没有一点受伤的模样。

林聿言随着喊声抬眼，看到俱乐部里走出来一道熟悉的身影，阴沉着脸。

太不可思议了，好像就那一眼，这几天自己混乱的心绪，全都一扫而空。

林聿言根本没注意到这个细节，倒是开心地叫了一声："顾耀扬！"

顾耀扬明显一怔，手上的东西都掉在了地上，他瞬间捕捉到林聿言的位置，眯着眼睛迟疑半晌，大步流星地走了过来。

林聿言还没跟他打招呼，就感觉冰凉的耳朵被捂进了滚烫的掌心。顾耀扬微微皱眉，低声问："冷不冷？"

"不冷。"林聿言弯着眼睛，笑着说，"你……你不是应该先问，我怎么来了吗？"

顾耀扬偏偏不问，回答无非就那么两个，玩或者旅游，翻来覆去一个意思。

他拖着林聿言一路回到宿舍，连话都没说，小白痴给他发的资料挺全，左一个叮嘱戴帽子，右一个叮嘱戴围巾，到自己身上全忘了，鼻尖冻得红彤彤的。

也不知小白痴是不是冻僵了，咧着嘴角收不回去，看起来傻乎乎的。

幸好俱乐部距离宿舍很近，十几分钟就到了。

林聿言在视频里参观过顾耀扬的新住所，并不觉得陌生，进门先打开行李箱，翻出一双棉拖鞋套在脚上。

"你平时都是这个时间下班吗？"

顾耀扬点头，把空调的温度调到最高："这边天黑得早。"

林聿言之前查过资料，一般这个季节四五点天就黑了，又趴在窗口向外看了看，不禁感叹："这里真的好漂亮。"

顾耀扬没应声，站在留声机前静静地盯着林聿言。

林聿言扭过头，问道："你饿了吗？"

"还好。"顾耀扬说，"想吃什么？"

林聿言说："冰箱里有什么？我们自己做吧？"自己做饭好像上瘾了，如果能和顾耀扬一起下厨房就更好了。

顾耀扬打开冰箱让林聿言自己看，上半部分是啤酒，下半部是七八条香烟。

林聿言嘴角抽搐，没想到比住在文昌街的时候还要惨，那时候还有胡奶奶做的酱菜呢。

"就算是……"林聿言对着冰箱"咕噜咕噜"地说了半晌，声音越来越小，到最后基本听不见了。

顾耀扬问："什么？"

林聿言干咳一声，盯着地面小声重复："就算……就算是自己一个人住，也不要总是抽烟喝酒……不……不太好。"又怕顾耀扬嫌自己管得多，没等到回应就赶紧跑到门口，套上衣服，"我们去超市看看吧？可以买点想吃的东西。"

顾耀扬点头，帮林聿言扣上帽子，一起出门了。

莫斯汀这座城市有很多别称，一年有半年的时间在下雪，更多的人喜欢叫这里雪村，因为真的太小了，还没有临州市两个区加起来大。

但又真的很美，错落有致的尖顶房屋，别具一格的街景设计，就连路边的长椅和灯都成双成对，雪花一簇簇地落下来，掉在长椅上，灯光一照，就变成了盛开的菱形水晶。

超市里的人不多，都是附近的居民，林聿言看到几个同肤色的年轻人，猜想应该都是学生。毕竟移民到这里的人很少，雪景虽然好看，但生活质量并不是很高。

林聿言对着货架旁精挑细选，油盐酱醋一样不少，秋葵、口蘑、血淋淋的新鲜牛排……

很多林聿言都不会做，可又想让顾耀扬改善一下伙食，虽然不知道俱乐部管不管饭，但自己一个人的时候，肯定不会做饭。

牛排的难度有点大，林聿言回头问道："我们可以一起做饭吗？"

顾耀扬帮忙推车，瞥了一眼车里的食材："确定是一起？而不是你站一边捣乱？"

林聿言迅速把牛排放进购物车，嘟囔着："我有那么差劲吗？再说了，你以为谁都像你一样厉害，看一眼就能学会？总要多给别人一点学习时间吧。"

顾耀扬原本没什么表情，听完突然笑了，林聿言瞬间紧张起来，结结巴巴地问："你……你笑什么？"

顾耀扬推着车从林聿言身边路过，语气轻快地说："没什么。"

林聿言不信，狐疑地盯着他的背影，仔细顺了一遍两人之间的对话，猛地一怔，急忙捂住了嘴。

回去的路上林聿言安静了很多，抱着一桶沉甸甸的橄榄油，跟在顾耀扬后面。

快到家时，林聿言跑了两步超过他，偷瞥了一眼他还上扬的嘴角，闷闷地说："你都笑了一路了。"

顾耀扬说："有什么问题？"

倒也没什么问题，主要是自己不经大脑就把赞美的话说出来了，总觉得有点难为情。

林聿言不想让顾耀扬知道自己心里想什么，如果被他知道了，肯定会被嘲笑很久。

晚饭是两个人一起做的，顾耀扬掌勺煎牛排，林聿言站在一旁当手机支架，说翻页就翻页，让暂停就暂停，智能得很。

顾耀扬估计笑累了，终于恢复了以往冷淡的表情，林聿言开心地哼了哼，跟着放松了不少。

虽然不能否认，顾耀扬笑起来真的很好看。

"还放什么？"

"嗯？"

"配菜。"

林聿言说："我要吃芦笋。"又问："今天在俱乐部门口，听到他们说你是来当教练的？"

"嗯。"顾耀扬烧了点水，随手摸了摸裤兜，里面有一盒烟，掏出来一半又放了回去，拆开新鲜的芦笋扔进水里洗干净。

林聿言说："为什么要选择当教练啊，你不是有机会当选手吗？"

一般来讲，如果这种机会摆在眼前，大多数人都会选择当职业选手，更何况顾耀扬还那么年轻，能力也强，可以一路往上爬，直到站在职业圈的顶端，成为万众瞩目的格斗明星。

反观教练，就局限了很多，不能露面，只能做些幕后工作。

顾耀扬没说话，捞出焯好的芦笋，又对着菜谱过了一遍凉水，林聿言以为等不到答案了，过了许久，才听他说："我配不上那样的高度。"

说这句话时，顾耀扬一直看着林聿言，像是对着林聿言说的，也像是对着万众瞩目、光芒耀眼的拳台说的。

林聿言第一次听顾耀扬说这么丧气的话，瞬间就不知道怎么接了。

虽然了解得不多，但他知道顾耀扬的心里应该藏着很沉重的往事，可能刚刚的问题戳到他的痛处，才让他的眼神看起来有些低落。

林聿言又想让顾耀扬笑了，就是嘲笑也行。

他端着煎好的牛排找到了餐厅，懊悔地转了几圈。早知道就不问了，现在怎么才能让他高兴起来？

林聿言想了半天也想不出头绪，突然看到墙角放着两瓶红酒，眼前一亮。

不是说一醉解千愁吗？陪他喝点酒，是不是就能忘了伤心的事？

对，就这么办！

顾耀扬又随便炒了一个菜，才从厨房出来，林聿言已经坐在餐桌旁准备好了，桌上多了两只红酒杯，也不知道从哪里翻出来的。

顾耀扬问："你要喝酒？"

林聿言郑重地点头："庆祝我远道而来。"

顾耀扬问："你会喝酒？"

林聿言说："当然会啊，别小瞧人了。"

林聿言倒酒的姿势还挺专业。

父母不忙的时候，偶尔也会在远郊的别墅举行酒会，林聿言其实只偷偷尝过一口，又苦又涩根本不甜。

但今天为了陪顾耀扬，林聿言准备豁出去，希望他能多喝一点，然后睡个好觉。

"干杯。"林聿言先给自己灌了一口，又急忙切了块牛排塞进嘴里，遮住了苦涩的口感。

顾耀扬晃了晃酒杯，看了他几秒，才说："少喝点。"

林聿言反驳："都是成年人，这有什么？"

连着喝了几口，似乎习惯了酒的味道，渐渐地，还有能品出一点点甜味？

林聿言像是发现新大陆，眨了眨眼，又倒了一杯，喝着喝着就忘了初衷，歪着头想了想，想不起为什么跟顾耀扬碰杯了。

林聿言的酒量看起来真的不错，脸不红心不跳，还把牛排吃得干干净净，顾耀扬也就没再去管，有一搭没一搭地跟林聿言聊天。

直到吃完饭，才察觉有些不对，他走到哪儿林聿言就跟到了哪儿，他端盘子，林聿言也跟着端盘子。

"今天先不洗了，早点休息。"

顾耀扬拿过林聿言手里的碗筷放在橱柜上，看着林聿言迟钝地点了点头，然后说："晚安，那我去洗漱了。"

说完，林聿言抬手拧开了厨房的水龙头，一猛子把头扎了进去。

"哎！"顾耀扬吓了一跳，急忙把林聿言拉出来，又找了块干净的毛巾蒙在林聿言头上帮着擦干。

林聿言看了看水龙头，又抬眼看着顾耀扬，委屈巴巴地说："洗澡水怎么这么凉啊……"

喝醉了的林聿言想到什么说什么，拉着顾耀扬怎么都不松手，哭得一把鼻涕一把眼泪，说自己想睡沙发，不想睡床，床又硬又有响声都不敢翻身，更不想看恐怖电影。

顾耀扬一边应着，一边随手拽了一条浴巾，仔细地给林聿言擦头发。

林聿言说够了，又想起一件事，问道："你为什么总喜欢逗我啊？"

顾耀扬带着林聿言去了次卧："都说了没有理由。"

林聿言说："肯定有。"想了想问："你是讨厌我吗？"

顾耀扬让林聿言躺下，又扯过一床被子，盖在林聿言身上，敲着林聿言的鼻头说："不是。"

林聿言说："我才不信呢。"

"嗯。"顾耀扬随口应着，并没有做过多的解释。

又听着林聿言说了会儿胡话，等人安稳地睡过去，顾耀扬才把没剩几格电的手机拿起来，上面有几个未接来电，都是玲姐打来的。

玲姐过来玩了几天，觉得没意思，又溜达到机场准备回国，顺便跟顾耀扬说一声："我让邵征也留下了，让他在这儿当个陪练，有什么事你们互相照应。"

顾耀扬心情不错，少见地回应了几句。

玲姐说："你也是，自己一个人多注意点。"停了几秒，又问："我挺想知道，你为什么突然答应来正规俱乐部的。"

不管是做选手还是当教练，最起码是走上了一条像样的路，她心里其实有个答案，但还是想听顾耀扬亲口说说。

"为了耳钉。"

"嗯。"顾耀扬站在次卧门口，久久没动，看着床上翻来覆去的小酒鬼说，"毕竟这么漂亮的东西，不应该插在烂泥里。"

得给它换个地方，才配得上林聿言的用心。

Chapter 09
不属于这个正常的世界

林聿言觉得任何人都可以自卑，但是顾耀扬不行。

　　第二天，林聿言准时醒了。

　　睁开眼睛不知身在何处，房间里很陌生，看了一眼时间，上午十点半。

　　林聿言抬手拉开窗帘，隐约想起了昨天的事情，但记忆比较模糊，零零散散地不太连贯。

　　林聿言晃了晃不太清醒的脑袋，踩着拖鞋走出房门。

　　又在二楼转了几圈，对昨晚的事情依旧没有任何印象，甚至不知道自己是怎么上来的。

　　只记得昨天喝了点酒，嗓子不太舒服，林聿言心想，难道是喝多了？

　　顾耀扬已经走了，对面的卧室开着门，林聿言趴门口往里瞅了瞅，又去浴室刷牙洗脸，换了身衣服。

林聿言来得过于仓促，也没做单人的旅游计划，虽然重点不是来玩，但顾耀扬不在家的时候，还是想去附近逛逛。

　　刚一下楼，就看到餐桌上放着一袋吐司，还有一个小型的面包机。

　　昨天还没有，估计是顾耀扬今天早上拿出来的，让林聿言自己解决早饭问题。

　　这个简单，林聿言动手能力再差，对着说明书烤几片面包，还是手到擒来的，虽然第一片烤煳了，但勉强能吃。

　　昨天他们去超市还买了点牛奶，林聿言打开一盒放在热水里温了温。林聿言以前不喜欢喝牛奶，自从文昌街回来，每天都会喝一杯，毕竟还能长身体。

　　林聿言吃完，接到了顾耀扬的电话，问："酒醒了？"

　　果然……

　　林聿言有点尴尬："昨晚，没给你添麻烦吧？"

　　顾耀扬说："没有。"

　　"那……那我没做什么奇怪的事情吧？"虽然记不清了，但林聿言知道有些人喝多了会撒酒疯，又哭又闹。

　　"没有。"

　　"真的吗？"

　　顾耀扬说："你酒品不错。"

　　林聿言瞬间放松下来，想挂电话，顾耀扬又淡淡说道："就是哭个不停，还一头扎进冷水里。"

　　……

　　"轰隆"一声，林聿言头晕目眩，觉得天塌了。

林聿言独自缓了一会儿，又不太相信，毕竟顾耀扬总是骗自己，这次说不定也是逗自己玩的？

林聿言想了想不太放心，临近下午的时候，穿上外套，拿着背包，去了俱乐部。

Light3每年只接收五十名选手进行特训，除了拳击之外，还有柔道、散打、跆拳道等一系列其他格斗项目。

林聿言昨天没机会进来参观，今天站在一楼大厅看了看，竟然和想象中的有些不同，本以为这种地方多是钢筋水泥的铁艺设计，却没想到墙壁上挂着许多风格迥异的浪漫油画，画风还有些眼熟，让林聿言想起前不久刚刚见过的曾毅先生，但又不是完全相同，仔细看还有一点差别。

还想再仔细看看，前台漂亮的黑人小姐就露着一口整齐的白牙，对林聿言说："G在三楼，电梯在左手边，你直接上就可以了。"

林聿言跟她道谢，又扭头看了看墙上的油画，上了电梯。

三楼面积很大，有四五个小型擂台，周围挂着一些沙袋和柔软的橡胶垫，应该是防止选手摔伤。

顾耀扬正在给选手上课，依旧是那件跨栏背心，工装裤加黑色半靴。

林聿言没上前打扰，脱了外套站在一旁安静地等着。

细数下来，林聿言已经见过顾耀扬很多面了，但这么严肃正经的感觉却还是第一次。

他看起来真的很凶，虽然面无表情，但一个眼神就能让选手唯唯诺诺地不敢出声，林聿言也经历过一次，但还是觉得比这种温和很多。

林聿言想了想，学着顾耀扬的表情瞥了眼墙上的镜子，还没把别人震慑到呢，先把自己给逗笑了。

训练场正在进行一对一背摔，突然，一个高壮的选手走到顾耀扬面前，向他发起挑衅。

那名选择手将近两米，身宽是顾耀扬的两倍，二话不说，直接冲他挥起拳头。

林聿言立刻从休息区站起来，心也跟着提到了嗓子眼。幸好顾耀扬闪躲及时，膝踢及颚，猛一下把壮汉踹了一脚。

"你猜，他几秒钟就可以让这个人摔倒？"这时，有人在林聿言身边说话。

林聿言没时间转头，生怕顾耀扬被打中了出点闪失，哪怕知道他身手不错，还是紧紧地攥着手心，握出了一把冷汗。

还好那名选手并不是顾耀扬的对手，四五秒而已，就被一记利落的过肩摔在地上，爬都爬不起来。

林聿言瞬间松了口气，再一扭头，差点坐在地上。

"曾先生？！"

来人正是前不久在画展上遇到的画家曾毅，他也看了眼林聿言，笑着说："很巧嘛。"

十几分钟后，顾耀扬下课了，先去休息室换了衣服，又走到林聿言身边，晃了晃手说："走了。"

林聿言有些恍惚，直到走出 Light3 的大门，冷风一吹，才拽住顾耀扬衣服激动地说："你知道我刚刚看到谁了吗？"

顾耀扬问："谁啊？"

林聿言兴冲冲地跑到他前面，倒着走："是曾毅！一个很有名的画家，你知道吗？"

"哦。"顾耀扬懒洋洋地说，"知道。"

"他竟然是 Light3 的老板！"

"啊。"顾耀扬堵上耳朵敷衍地说，"好厉害啊。"

"是吧是吧，我特别喜欢他，他是我最喜欢的画家之一，我之前在国内就碰到了他一次，但忘了要签名。"林聿言停下脚步，拉开顾耀扬的手腕不让他堵耳朵，继续激动地说，"这次终于要到了！"

顾耀扬问："签哪儿了？"

林聿言把身后的书包摘下来，拿到顾耀扬面前，指着一串龙飞凤舞的大字说："这里！"

顾耀扬问道："要到签名就这么高兴吗？"

林聿言连连点头，嘴角都要裂到后脑勺了。

顾耀扬瞧林聿言那副没出息的样子，挑挑眉问："那如果让他教你画画呢？"

"什么？"林聿言瞪大眼睛，急忙把书包背回去，"可……可以吗？"

"有什么不可以，他最近应该比较闲，我可以帮你问问。"

"真的吗？"

"当然是真的。"顾耀扬看了一眼林聿言的书包带，不着痕迹地撇了撇嘴，被林聿言扑过来搭住肩膀，"真的可以让他教我画画吗？真的吗？"

林聿言开心得忘乎所以。

顾耀扬说："真的。"

林聿言问："你跟曾先生很熟吗？"

顾耀扬说："还好吧，他单方面跟我比较熟。"

林聿言笑着说他臭美，又抬起头，担心地问："如果曾先生不同意怎么办？他那么有名气，好像从来不收徒弟，之前我妈妈还想跟他合作，但是被拒绝了。"

顾耀扬说："那就打他一顿吧。"

林聿言怔了怔："这样不太好吧。"

顾耀扬早猜到林聿言是这个回答，却没想到等了半晌，林聿言又为难地说："那要……要不然你打轻一点……曾先生也五十几岁了，如果打得太重，恢复不了就糟糕了。"

顾耀扬瞥了一眼，看林聿言跃跃欲试的模样差点没笑出声，戳着林聿言的脑门说了声："坏蛋。"又问："你今天来俱乐部找我什么事？"

"啊，是那个……"林聿言因见到偶像而丧失的记忆又跑回来了，瞬间耳鸣，谨慎地问，"我……我昨天真的像你说的那样了？"

顾耀扬说："真的。"

"你……你有什么证据吗？"

顾耀扬说："当然有。"

林聿言惊恐："你不会录像了吧？！"

顾耀扬说："我是疯了吗？"

林聿言有点底气了："你没有证据，凭什么这么说我？"

"呵呵。"顾耀扬双手放在外套兜里，看林聿言那副不见棺材不落泪的表情就想逗一逗。

林聿言惦记着跟曾先生学画，纠结一会儿，就把顾耀扬说的话暂时放在脑后，围着他转来转去。

两人回去后简单地吃了顿饭，又一起出门了。

曾先生住在俱乐部往北，距离宿舍有一段距离，一路上林聿言滔滔不绝地说着曾先生多年前的成就以及在国际上的知名度。

而且据说曾先生脾气古怪，从来不轻易露面，偶尔能在画展上遇到，已经是万幸，能得到他的指点，更是多少钱都求不来的事情。

林聿言说了半天，顾耀扬始终没有回应，叼着今天晚上点燃的第一根烟，选择性双耳失聪。

"顾耀扬。"

"嗯？"

林聿言突然没声了，跟在他身边问："你是不是，不爱听我说这些啊？"

顾耀扬说："还好。"少提几句曾先生就更好了。

林聿言欲言又止，想了想还是说："我真的很喜欢他的画，他在我心里也是一位特别值得尊敬的画家，如果可以得到他的指点，我能高兴得三天睡不着。"

"我也不知道为什么，就是很想把这种心情分享给你……你如果不喜欢听……"

"那……那我就不说了。"

顾耀扬说："没有不喜欢听。只是你说的这些我不懂，没办法给你回应。"

林聿言说："那我们说点你懂的好不好？"

顾耀扬给面子地应了一声。

林聿言咧开嘴又笑了，问道："曾先生为什么会开一个格斗俱乐部呀？"

顾耀扬说："还聊他？"

林聿言眨眨眼："他怎么了？"

顾耀扬斜乜着眼，冷冰冰地说："我就是不懂他。"

此时，难懂的曾先生正在刷牙，刚漱了口就听到有人敲门，擦了擦嘴，戴着浴帽走了出来，看到顾耀扬一惊，掩着门缝说："你来干吗？"

顾耀扬说："开门。"

曾先生问："你来辞职？"

顾耀扬说："我刚来就辞职，脑子有问题？"

曾先生放心了，把门缝开大一点，又看见了林聿言，惊讶地说："这么巧？"

林聿言赶忙鞠躬，对他笑了笑。

说起来，两个人确实有些缘分，这次暂且不算，前两次实属巧合。

曾先生一个人住，房间里带着艺术家特有的凌乱画风，出门像个绅士，在家像个乞丐。

脏衣服堆在沙发上，都是洗衣店的工作人员分批上门收的，墙面地板上沾着干涸的颜料，也没及时清理，就这么成了烙印。

唯有一块别出心裁的小吧台干净一些，勉强可以待客。曾先生给林聿言倒了杯红酒，转眼被顾耀扬换成了矿泉水。

曾先生吹着小胡子不满："霸道。"

林聿言赶紧摆手，帮顾耀扬解释："是……是我不太喝酒，昨天还喝醉了。"

曾先生恍然大悟，拿出一包速溶咖啡递给林聿言，说："那待会儿烧点水喝这个吧。"酒柜上同时还放着不少昂贵的咖啡豆，但没开封，想来是懒得磨，平时也是用速溶咖啡的凑合。

他问顾耀扬："大晚上的来找我，什么事？"

顾耀扬开门见山："教林聿言画画。"

林聿言赶忙站起来，紧张地自我介绍，怕曾先生不答应，心里忐忑不安。先前说要打人的话都是开玩笑的，但林聿言又不知道该怎么样打动曾先生。

"可以啊。"

"啊……"

曾先生问："基础怎么样？"

林聿言说："基……基础还行。"

"是最近才喜欢上的画画？"

"从小就喜欢……但没什么天分，又……又不够努力……"

曾先生哈哈笑道："你倒是挺诚实啊。"

林聿言惭愧："虽然也有一些外界的因素，但还是我自己的问题更大一些。"

曾先生挺喜欢林聿言这个直白的性格，问道："你是过来玩的？准备待几天？”

林聿言说："还有二十天开学，可能开学前才走。"

"嗯，那可以。"曾先生说，"要是没什么事，就明天开始吧。"

林聿言彻底愣住了，完全没想到事情会进展得这么顺利。

直到坐在曾先生的画室，手上端着调色盘，还以为身在梦中。

"基础确实不错，但还有一些小问题。"曾先生今天换了一套睡衣，拿着林聿言刚刚画的东西，看了看。他没问林聿言太多以前的经历，既然让他教了，就要从头开始。

曾先生看起来有些邋遢，但是对绘画绝不敷衍，哪怕是基础上的不足，也都认认真真地对林聿言说清楚。

这么多年以来，还是第一次有人这么教，父亲不支持，老师又敷衍，母亲常年不在身边，对林聿言抱有歉意，从不说一句重话，喜欢就画，不喜欢就去玩别的，怎样都没关系。他又不是天才，也需要有人管一管。

"哎呀？"曾先生站在林聿言身边问，"你怎么眼圈还红了啊？"

"啊？"林聿言低头抹了两下眼睛，赶忙说，"没事，能被您指点，有些激动。"

"哈哈。"曾先生慈爱地拍了拍林聿言的脑袋，"看来教你是教对了，我这辈子一共就教了两个人，上一个仗着有点天分，尾巴都给我翘到天上去了。"

林聿言好奇地问："您还教过其他学生吗？"

曾先生说："你不知道？"

林聿言摇摇头。

"就是顾耀扬啊。"

林聿言惊讶："他……他是跟您学的画画？"

曾先生拿过一支笔坐在林聿言身边，跟着一起画："看来你们不是很熟？"

林聿言点头，想了想又说："其实……我挺想了解顾耀扬的，您能，跟我说说他的事情吗？"

曾先生手上的动作没停，沉默了一会儿才说："他的事情，有点复杂，你确定……听完以后不会吓跑？"

"为什么会吓跑？是他做了什么坏事吗？"

"跟他倒没什么关系，主要是他的父母。"

林聿言说："那不会，只要不是顾耀扬做过坏事就好。"

曾先生对着林聿言沉吟半晌，才说："我跟耀扬的父亲，在某种程度上来讲，算是朋友。"

"那时候耀扬还小，去他家住过几个月，就顺便教了他几笔，他父亲的背景……对你来说，或许有些遥远。"

曾先生把自己知道的事情说得七七八八，包括顾耀扬的家庭背景以及他身上的那道疤，还有他死去的父母和他这些年一个人孤身生活。

说不震撼是假的，林聿言怔怔地问："那，您画的那幅《擂台》，也是顾耀扬吗？"

曾先生说："是。之前跟你说了，我喜欢格斗。很早以前就开了这个俱乐部，刚好认识小玲子，又从小玲子那里认识了耀扬，说到底都是一个圈子的朋友，兜兜转转，逃不开。"

林聿言问："那您邀请他加入俱乐部，是想要帮他吗？"

曾先生边捋着胡子，边指点林聿言下笔，笑着说："我可没那么好心，我就是想看他打拳，他身手那么漂亮，不站在高点的地方，岂不是浪费了？"

这一点林聿言倒是认同："但是他好像对于职业拳台……"

曾先生似乎知道林聿言想说什么："这就是顾耀扬的问题所在。"

"别看他面上一副活着也行，死了也无所谓的蠢样子，实际上很在意那份过去。我猜他或多或少有些看不起自己，并不是一个真正洒脱的人啊。"

所以是因为这样……顾耀扬才会说出配不上高位的丧气话吗？林聿言怔了几秒，抬眼看到天已经黑了，跟曾先生告别，转身走了出去。

外面果然又飘起来雪花，"沙沙"地落在地上，盖上了来时的脚印。不远的路灯下站着一个人，正往这边看过来。

是顾耀扬。

林聿言赶忙跑过去问："你怎么来了？"

顾耀扬说："等你。"

"为什么不进去？"顾耀扬看起来到了很久，两只手都放在兜里取暖。

顾耀扬没说话，转身要走。

林聿言猜测道："你待在外面……不会是怕影响我吧？"

顾耀扬瞥了一眼，没有否认："你会读心术？"又问："学得怎么样？"

林聿言说："曾先生果然很厉害，今天学到的东西都快赶上之前十年……"

话音未落，顾耀扬就不想听了，问道："你准备怎么谢我？"

"啊？"

"帮你找了老师，不表示一下感谢吗？"

这个要求不过分。

林聿言想了想，突然对着顾耀扬冰凉的手心哈了一口热气，笑着说："谢谢你，你很好。"

自卑这个词在林聿言的世界里经常出现，时不时就会自卑一下，画画不好首当其冲，胆小爱哭排在第二，身无二两肉摆在第三。

林聿言觉得任何人都可以自卑，但是顾耀扬不行。

顾耀扬明明那么优秀，不论哪一点，任何一点都比自己强。

"如何……帮别人找回自信……"林聿言趴在被窝里，输入了一个问题。

曾先生说，顾耀扬看不起他自己，应该是因为他的家庭。

他幼年时目睹了太多黑暗的事情，突然活在阳光下，被灼热的太阳暴晒，根本没办法睁开眼睛。

他不知道怎么接触外人，不知道怎么跟别人相处，虽然这些年好了不少，但他依旧觉得自己不属于这个正常的世界。

所以顾耀扬躲在玲姐的黑市酒吧，因为那里跟他以前的生活环境非常接近，他就想烂在那儿了，怎么样都无所谓。

"还真是任性。"林聿言翻着手机，没找到一点有价值的信息。

他叹了一口气，侧身躺着，虽然平时看不出来，但顾耀扬偶然说出的那句话，还是暴露了内心。

林聿言问曾先生，有没有办法可以帮帮顾耀扬，或者拯救他？曾先生说，他需要的不是拯救。

毕竟顾耀扬并不弱小，也不需要任何人的救赎，哪怕他不够洒脱，但他的内心足够强大，他所有的决定都是自己的选择，他所迈出的每一步都取决于，他想或不想。

那顾耀扬现在接受了曾先生的邀请，是不是想要做出一些改变了？

林聿言迷迷糊糊地闭上眼睛，心想，如果真是这样，就太好了。他今天对顾耀扬说了"你很好"，也不知道，他能不能体会其中的意思。

接下来几天，林聿言都提前两个小时跑到曾先生家里学习，下午还特意定了闹钟，趁着天没黑，又匆匆跑回去。

林聿言怕回去晚了顾耀扬又来接，冰天雪地刮着风，冻感冒就糟了。

林聿言没有忘记此行的目的，可现在每天都能见到顾耀扬，心里那些乱七八糟的想法又全都没有了。每天黏着他跟他说话，就连顾耀扬洗漱的时候，林聿言都站在卧室外说："今天曾先生夸我了，他说我其实挺厉害的！"

"哗啦啦——"

"他还说我进步得特别快，之前就是因为没有专业的老师教而已！"

"哗啦啦——"

"顾耀扬？你听见了吗？"林聿言得不到回应，心里有些着急，正准备回身，洗手间的门猛一下打开，顾耀扬探出头，面无表情地问："你到底想干吗？"

林聿言一时间有些不好意思。

顾耀扬问："怎么了？"

林聿言虚心请教："有没有人说过你挺帅的？"

顾耀扬问："你想知道？"

林聿言连连点头，洗耳恭听。

顾耀扬思考了一会儿，表情相当认真，像是正在回忆。

林聿言等急了，又不好意思催他。

五分钟后，顾耀扬对林聿言同样不好意思地说："很多人说过，我都听厌了。"

……

呸！

林聿言气得跳脚，翻出手机气哼哼地把收藏夹里那条"如何帮别人找回自信"的问题给删了。

果然，谁自卑顾耀扬都不会自卑。

第二天，林聿言照旧去曾先生那里上课，还没走到家门口，突然眼前一黑，被人掳到了一条窄小的巷子里。

听声音大概有三四个人，力气很大，隔着套在林聿言头上的纸袋，紧紧捂着林聿言的嘴。

林聿言奋力挣扎，找准机会一脚踩到那人脚背上，那人惊呼一声，急忙松手。

林聿言重获声音刚要高声呼救，就听对方急忙开口说不要出声，又慌慌张张地帮林聿言扯下了袋子，"扑通"一声跪在地上。

反转来得太快，吓得林聿言后退几步，搞不清状况。

"过了过了。"说话这人嘴角发青，宽额阔口，正是第一天过来时，抱着队友哭诉区级联赛甲等冠军，名字叫孟虎。

跪在地上这位，粉毛黑皮，有个相当好记又朴实无华的中文名字叫，孙梓。

林聿言问孟虎："你们国家的礼仪不就是这样？"

孟虎说："那也过了。"想了想又说："不过你这名字倒也适合跪着。"

林聿言缓了缓，结结巴巴地问："你……你们找我，有……有事吗？"

孟虎首先道歉："对不起，林同学，真是非常抱歉，以这种方式把你叫过来，但我们怕过于直白，再把你吓跑了。"

林聿言一头雾水，还不忘吐槽，这种方式倒是跑不了，但自己胆子如果再小一点，可能就直接吓死了。

"到底……是什么事情？"

孙梓还在那儿跪着，林聿言赶紧先让他起来，孟虎说："您是我们教练的好朋友吧？"

林聿言立刻摆手："不……不是，我们就是普通朋友。"

孟虎顺着说："普通朋友也行，是这样，我们几个今天过来，是想请您帮个忙。"

林聿言指了指自己的鼻子尖："我？我能帮你们什么忙？"

孙梓立刻哭诉："您能让我们教练休息一天吗？就一天。他来了快两周了，一天都没休息过，他不休息也就算了，那我们得休啊！我们虽然比他大点，但也正值青春年华，我女朋友还苦哈哈地等着我看电影呢，都快等下档了。"

孟虎插嘴："他女朋友叫孙希芙。"

林聿言一下子没忍住，"扑哧"笑了出来，这些人没有恶意，他提着的心也放了下来，但遗憾地说："我可能帮不了你们。"

孟虎说："为什么？"

"我说不动顾耀扬的，而且我们之间的关系，并……并没有那么好。"说完这话，林聿言莫名有些不舒服，抿着嘴，沉默下来。

"不用您亲自开口。"孟虎说，"对策我们都想好了，您只要配合一下就行。"

林聿言眨眨眼，疑惑地看着他。

孟虎郑重鞠躬，弯腰将近一百二十度，态度相当诚恳："拜托了，可以请您装病吗？"

"装……装病？"林聿言愣了几秒，大概明白了他的意思，赶紧说，"不行不行，这个肯定行不通的，他绝对不会因为我生病就休息的。"

孟虎说："肯定会，您相信我。"

林聿言还是想拒绝，结果孙梓又要往下跪，他急忙说："我真的帮不了你们，而且我今天还要去曾先生那里上课。"

孟虎五大三粗，但是心思非常缜密，一早就安排好了："这事老板已经同意，说改天给你补上。"

……

林聿言推脱不掉，只好硬着头皮答应了，手里拿着孟虎递过来的暖水袋，又回到宿舍换了睡衣，心里觉得这个计划肯定会失败，顾耀扬绝对不会因为自己生病了，就放下工作赶回来。

林聿言莫名叹了一口气，把滚烫的暖水袋贴在额头上加温，静静地看着窗外。

奇怪……为什么会有点低落？

正想着，楼下似乎有人开门，紧接着，一连串急速的脚步由远及近，应该没来得及换鞋，台阶都是两级两级迈上来的。

林聿言怔了几秒，心跳也跟着快速跳动起来，急忙把暖水袋藏进被窝，紧张地闭上眼睛。

下一秒房门大敞，顾耀扬带着一股寒气跑了进来，站在林聿言的床边。

Chapter 10

站在被阳光包围的地方

只可惜，我们本来就不是一个世界的人。

　　脚步声已经停了，但林聿言的心还在"怦怦"乱跳，察觉到顾耀扬急速的呼吸缓缓靠近，最终撑在床上，伸手按住了林聿言滚烫的额头。

　　"这么烫？"

　　林聿言听到他的声音，缓缓睁开眼睛，一时之间，竟然说不出话。

　　林聿言第一次见到顾耀扬这么急切的表情，紧紧皱着眉头，眼中充满了担忧。

　　"我……"

　　"难受吗？"顾耀扬见林聿言醒了，又用手摸了摸林聿言的额头，神情更凝重了。

　　林聿言怔愣半晌，轻轻地摇了摇头，小声说："我没事。"

顾耀扬明显不信，拿出电话准备叫车。

林聿言问："你干什么？"

顾耀扬说："温度太高了，得去医院。"外面那么冷，肯定不能带着林聿言直接跑过去，不然路上再着凉就糟了。

"不，不用了。"林聿言立刻说，"我躺一会儿就行了。"

"不行。"顾耀扬态度强硬，不给林聿言一点拒绝的机会。

"真……真的没事，不用去医院。"

顾耀扬瞥了一眼，示意林聿言老实躺着。眼看电话要拨出去了，林聿言赶忙坐起来，扯着他的衣服说："我真的不想去医院，没那么严重。"

林聿言看起来可怜兮兮的，似乎真的非常抗拒去医院，顾耀扬垂眼跟林聿言对视了几秒，直到林聿言慌乱地错开眼珠，才问："为什么不想去？"

林聿言说："我……我怕疼，我不想打针。"说完还掩着鼻子，咳嗽两声，又说："求求你了，真的只是小毛病，只要你在家陪我一天就好了。"

顾耀扬跟林聿言确定："真的没事？"

林聿言点点头，心虚地说："真的。"

"那我去拿一条毛巾。"顾耀扬说着让林聿言躺下，又细心地盖好被子，去了浴室。

林聿言瞬间松了一口气，把被子底下的暖水袋换到枕头下面，又拿起手机点开孟虎发来的短信。

他们为了方便沟通交换了联系方式，孟虎再三叮嘱一定不能露馅，也绝对不能让教练中途回来，如果被教练知道是他们从中作梗，找这么一个借口全体放假了，估计以后都没有好日子过了。

林聿言发愁，自己能答应下来，是想着顾耀扬根本不会回来，谁想刚好相反，弄了个措手不及。

林聿言根本不会演戏，也没有提前做好准备，又不敢表现得特别难受，担心顾耀扬带着自己直奔医院。

正想着，顾耀扬推门进来，坐在床边把温热的毛巾放在林聿言的额头上。

林聿言怕顾耀扬返回俱乐部，再次拉着他的衣服说："你……你能留下陪我一会儿吗？"

顾耀扬没说别的，点头同意。他站在房间里面有些突兀，林聿言想了想，往里面睡了睡，让出一点地方："你……你坐这里吧，我不会传染你的。"

顾耀扬有求必应，上前靠在床上，陪林聿言坐着。

两人一时无话，气氛有点尴尬，林聿言掌握不好病人该有的状态，努力回想以前生病的样子，想着想着竟然叹了一口气。

顾耀扬问："怎么？"

林聿言说："你会经常生病吗？"

顾耀扬手上无聊，转着指间的硬币："不会。"

他从小身在那种环境，体弱是最致命的。

林聿言说："我小时候经常生病，有一段时间还总故意生病，难受也忍着，打针吃药也忍着。药特别苦，很细的针眼也特别疼。"

顾耀扬问："为什么？"

　　"因为我想爸爸妈妈呀。"林聿言咧开嘴笑了笑，"你也知道他们因为工作，一直很忙，我小时候是保姆带大的，很少见到他们。"

　　"有一次我发现，只要生病了妈妈就会突然出现，爸爸也能从百忙之中看我一眼。"林聿言动着手指说，"然后，我就想吸引他们的注意力，天冷的时候，故意脱几件衣服，让自己生病。但我胆子又小，怕这怕那，就算想让自己生病，也没魄力去洗冷水澡，或者让自己看起来更可怜。"

　　"渐渐地，他们就不回来了，觉得感冒发烧也不是什么大事，交给保姆照顾就行。"林聿言说，"再后来，我就不爱生病了，因为生病了也没人来看我。虽然阿姨对我真的无微不至，可那并不是她真的想要关心我，照顾我也只是她工作而已。"

　　林聿言又看了一眼顾耀扬，眼圈有点红："今天谢谢你，已经很久没人听到我生病，就一下子出现在我身边了。"

　　顾耀扬沉默几秒，抬手揉了揉林聿言的头发，调笑着说："原来娇气包是个可怜虫？"

　　林聿言说："我才不可怜，我只是……"

　　顾耀扬问："只是什么？"

　　"只是突然想到这里……有感而发。"又说，"况且我现在已经很少生病了，身体特别好。"

　　顾耀扬勾着嘴角提醒："那今天怎么烧得这么严重？"

　　林聿言瞬间想起来还在病中，急忙又咳嗽几声，虚弱地说："可能是这里的温度跟国内差太多了，所以……一个不小心就中招了。"

"哦。"顾耀扬轻轻拍着林聿言的肩膀，说道，"原来是这样。"

之后又聊了几句，顾耀扬都没有像平时那样逗林聿言，好像真的心疼林聿言生病了，连声音都比往常柔和。

林聿言心里软绵绵的，听着听着竟然睡着了，还做了一个梦，梦里有人用留声机放着摇篮曲，悄悄地哄人睡觉。

下午三点左右，林聿言才睁开眼，恍惚了一会儿，发现床上没人，急忙爬了起来。

已经过了这么长时间，也不知道顾耀扬有没有去俱乐部，应该先给孟虎打个电话，但如果顾耀扬去了，他应该也没手再接电话了。

林聿言偷偷打开房门在二楼找了一圈，又下了两个台阶看了看，顾耀扬正坐在沙发上看手机，似乎没有出去过的迹象。

林聿言瞬间松了一口气，准备悄然无声地返回房间继续装病，就听顾耀扬懒洋洋地问了一句："不睡了？"

林聿言神经一紧，赶紧咳嗽两声，一瘸一拐地走到楼下，又猛地想起自己扮演的不是残废，又变得脚步虚浮，看起来没什么精神。

"你在干什么？"

顾耀扬说："看菜谱。"

林聿言坐在他旁边，跟着看了看："你要煲汤吗？"

顾耀扬："嗯。"

林聿言问："给我喝的？"

顾耀扬还是："嗯。"

林聿言轻声说了句"谢谢"，怕此时的表现不像病号，又卖力地咳嗽起来，结果咳得太用力了，嗓子又疼又痒，竟然就停不下来了，捶着胸口，脸色通红。

顾耀扬神情有些嫌弃，帮林聿言拿了杯水，递过去说："别咳了，嗓子不疼吗？"

林聿言赶忙捧着杯子润了润喉咙，眨眨眼说："不疼。"

顾耀扬弹了林聿言额头一下，滑动手机翻了一页："明天还准备发烧？"

"啊……"

顾耀扬说："如果还烧的话，就记得调整水温，正常人烧到你今早那个温度，已经神志不清了。"

林聿言怔了几秒，有些尴尬地说："你……你什么时候发现……我是装的？"

顾耀扬淡淡地看了林聿言一眼："你坐起来的时候，暖水袋露出来了。"

"哦……"林聿言手指动了动，轻轻握着拳头，大拇指一会儿露在外面，一会儿又攥进拳头里面，没有被揭发后的震惊和羞怯，反而问道，"那你今天……都是在陪我演戏吗？"

怪不得降温的毛巾是温热的，原来他早就发现了……

顾耀扬随意应了一声。

"那……那你……为什么不揭穿我？"林聿言看着顾耀

扬的侧脸，目光落在他耳朵上那枚蓝色的耳钉上，他似乎一直戴着，从来没有摘过。

顾耀扬没有抬眼，依旧研究菜谱。

次日，Light3俱乐部三楼。

五十名选手整整齐齐地站在训练厅。

林聿言也来了，颤颤巍巍地抬手跟孟虎打招呼，孟虎生无可恋地站在队伍中间，绝望地捂住双眼。

昨天林聿言给他发短信通知露馅了，原本他还抱着一丝希望，觉得顾耀扬猜不到跟他们有关，结果还是什么都没瞒住。

顾耀扬站在队首整理手上的绷带，瞥了一眼诚惶诚恐的队员们，又看了一眼今天早上活蹦乱跳准备出门的林聿言，一把将人揪了过来。

曾先生也来了，昨天参与孟虎整个计划的人，全部都在。

顾耀扬瞥了一眼孟虎，冷声问道："训练很辛苦？"

孟虎没敢吱声。

他又看一眼粉毛："电影很好看？"

粉毛谄媚地笑笑："还……还行。"

又问林聿言："你跟他们很熟？"

林聿言急忙摇头："不……不算熟。"

顾耀扬没什么表情，看起来非常严肃，拿着手表看了一眼时间，双手背在身后说："距离联盟赛事还有两个月，我过来那天试了试你们的水平，没有一个能达到推荐的标准。"

"就算勉强给你们写几封推荐信，到了预选赛还是得一个一个地给我滚回来。"

"国际性的职业赛事，并不是你在临州得个区级冠军，就可以不放在眼里的！"

训练厅鸦雀无声，全都乖乖低头受训，林聿言看着游走在队伍中的背影愣愣出神。

直到现在，林聿言才发现自己对顾耀扬还有太多的不了解。林聿言没想到，顾耀扬做了教练，就真的有了教练的样子，哪怕年纪不大，可一言一行，铿锵有力。

"还傻站着？"

"啊？"

顾耀扬说完了，回到林聿言身边问："发什么呆？"

林聿言问："你是第一次当教练吗？"

顾耀扬挑眉："不然？"

林聿言说："我还以为你只会教他们打架，没……没想到你……"

顾耀扬说："打架当然是重点，但该说的还是要说的，你先回去收拾行李吧。"

林聿言说："收拾行李干吗？我还没想……"

顾耀扬抱胸："我刚刚说话的时候，你在干什么？"

林聿眼老实承认："发呆。"

顾耀扬瞥林聿言一眼："明天外出拓展，那附近刚好是景区，你跟着一起去玩，曾毅也去。"

"真的吗？！"

"嗯。"顾耀扬摸出口袋里的硬币转动着，"顺便把我的也收拾一下，会吗？"

林聿言说："当然会，别小瞧人。"转头要走，又停下脚步，对着顾耀扬不好意思地说："你刚刚……特别厉害。"

"嗯？"

"就，就是训人的时候，特别厉害！"林聿言说完有点不好意思，急匆匆跑了。

林聿言走后，曾先生过来了，手上还挂着一根绅士拐杖，把顾耀扬叫到窗口，笑着往楼下看。

林聿言刚刚出门，迈着轻快的步子在雪地里蹦蹦跳跳。

曾先生说："小林是个不错的孩子。"

顾耀扬应了一声。

曾先生问："你很喜欢小林这个朋友？"

顾耀扬对着林聿言的背影说："傻子才看不出来吧。"

曾先生和玲姐一样八卦，问道："为什么他这么特别？你去学校的时间很少吧？"

顾耀扬向来直白："逗着逗着就逗出好感了，很难理解？"

曾先生欲言又止："那……"

顾耀扬吐了一口烟圈："只可惜，我们本来就不是一个世界的人。"

曾先生了解林聿言的背景，这几天教他画画，闲聊时提了几句："这么肯定？如果小林也很在乎你这个朋友呢？"

顾耀扬摇头，看着险些滑倒的身影嘴角上扬："不会的。"

"林聿言很笨，胆小又迟钝，不敢反抗家里做出的决定。

像我这样的人，林家怎么可能让我和他做朋友，所以林聿言也不会有这个想法。"

曾先生说："你八十一岁了？怎么想得这么长远？"

顾耀扬挑了挑眉："他很好，当然要想得长远一点。"

"你不是说你们不是一个世界的人？"

顾耀扬瞥他一眼："不是一个世界就不能想一想？"

曾先生笑了："但我觉得，你可能太绝对了。万一某一天，小林愿意成为你的挚友呢？"

顾耀扬说："不可能。"

"这么肯定？"

"林聿言没有那个勇气。"

"太小瞧人了。"曾先生说，"假设，小林真的给了你回应呢？"

顾耀扬轻笑："那可能，就是我没有勇气了。"

曾先生洞察一切："所以说到最后，胆小的还是你。"

顾耀扬没有否认，淡淡地"嗯"了一声。

"打个赌吧。"

顾耀扬说："不赌。"

曾先生说："这么怂？"

顾耀扬刀枪不入，竟然点了点头："林聿言不会给我回应，我也没有想过那种未来。"

所以才会珍惜现在，因为他知道，根本不会有任何希望，现在得到的所有美好都是暂时的。

曾先生说："我觉得人活着，还是要对生活抱有一丝幻想的。"

顾耀扬说："我不是艺术家。"

"就赌五年的职业擂台赛吧。"曾先生自说自话，说完拄着拐杖走了。

顾耀扬没回应，盯着林聿言越来越小的身影，许久才说了一声："好吧。"

今天要去拓展的地方，位于莫斯汀最北部，那里有一座极为偏远的小渔村，不是旅游旺季基本没人，只有几家民宿和一两家味道极其敷衍的餐厅。

林聿言早就做过那里的攻略，除了两人的洗漱用品，又去超市买了许多零食，以防万一。

刚收拾好，俱乐部的大巴就来了，林聿言拖着行李交给司机，开心地跳到车上，第一眼没看到顾耀扬，又仔细找了找，才发现他坐在中间靠窗的位置上打电话，正想跟他坐在一起，却没想到，他旁边已经有人了。

女孩子，林聿言记得，好像是俱乐部的同事。

林聿言怔了怔，抬手跟她打了声招呼，那女孩也微微点头，没说什么。

"哎，这边这边。"孟虎看林聿言一个人站着，热情地挥了挥手，林聿言又看了眼顾耀扬，抿着嘴走了过去。

从市里出发抵达渔村，大概要四五个小时，孟虎是个话痨，又跟林聿言是临州老乡，打开话匣子就没完没了。

开始林聿言还认真听，过了一会儿，就开始走神了，总时不时抬头往前看。

顾耀扬已经挂了电话，不知道跟同事说些什么，那女孩侧着耳朵听，似乎还往他身边凑了凑。

"小言小言，你有没有吃过瑞丰老街的冰糖果，那真是我童年的记忆，味道绝了，我妈之前给我带了两包，结果没到机场就被我吃完了……哎？你干吗去？"

孟虎话没说完，林聿言已经站了起来，想了想说："我……我去拿瓶水。"

矿泉水放在车子最前面，林聿言磨磨蹭蹭地拿了一瓶，路过顾耀扬跟前，停顿几秒。顾耀言抬眼，让林聿言回去坐好，不要随便走动。

林聿言"哦"了一声，又回到位置上坐好，顺手把矿泉水递给了孟虎。

"给我拿的？"孟虎赶紧说谢谢，更加卖力地聊了起来。

没过五分钟，林聿言又站了起来，孟虎说："你干吗去？"

林聿言的目光落在顾耀扬的后脑勺上："我……我再去拿瓶水。"

回来时，林聿言刻意在顾耀扬面前多停了几秒。顾耀扬还在说话，两人的距离又近了一点，他瞥了林聿言一眼，有点严厉地说："回去坐好。"

"哦……"

林聿言微微皱眉，不情愿地走了，回去又把水递给孟虎，孟虎说："我有了啊。"

林聿言没看他，不好意思地说："那……那你多喝点。"

孟虎眨了眨眼，道："多喝了没地方上厕所啊。"刚想继续之前的话题，林聿言竟然又站了起来："你……"

　　"我……我再去拿……"

　　"林聿言。"

　　此时，顾耀扬回头喊，林聿言立刻"哎"了一声，问道："怎么了？"

　　"过来坐。"

　　林聿言说："那……那你同事呢？"

　　顾耀扬说："跟你换个位置。"

　　林聿言嘴上问着："为什么呀？"人已经飞快地挪到了两人跟前，眼巴巴地等着那女孩走。

　　女孩咳了一声，站起来给林聿言让地方，顾耀扬也换到外面，让林聿言靠窗，并且帮着系上安全带，问道："你是多动症吗？"

　　林聿言赶紧摇头，笑眯眯地说："是孟虎渴了，我……我帮他拿水。"

　　换了位置，林聿言一动不动，老老实实坐在顾耀扬身边。

　　顾耀扬翻页的动作停顿几秒，垂着眼问："你是黏人精？"

　　林聿言也不反驳，跟着他一起看花名册。

　　"孙梓的名字是谁帮他取的呀？"

　　顾耀扬说："朋友？"

　　林聿言说："那也太欺负人了。"

　　顾耀扬说："确实。"

　　林聿言问："平时训教的时候，你怎么叫他呀？"

"查理。"

"那你说，我要不要告诉他，孙梓这个名字并不是很好，虽然只是谐音，但能听懂的人肯定会笑话他。"

顾耀扬问："你在跟我讨论吗？"

林聿言说："对呀，我怕如果贸然告诉他，万一影响了他和朋友之间的感情怎么办？如果是你，你会怎么办？"

顾耀扬面无表情："我不会管这种事情。"

林聿言仰头看他，轻轻"哼"了一声，"也对，毕竟你是喜欢取外号的人。"

顾耀扬勾起嘴角："我只给你取过外号，林小姐。"

"你……"放在从前，林聿言可能会有些生气，可此时，又觉得没那么重要了，"你真的觉得我很娇气吗？"

顾耀扬说："某些方面。"

"比如呢？爱哭？"

"算一点。"

"但是我哭也是有原因的呀，心里委屈不哭出来，忍着不是更难受吗？就像上次，我爸爸说我……"

"林聿言。"顾耀扬突然开口，目光随意落在花名册的某个名字上。

"你爸爸不让你上艺术院校吧。"

林聿言瞬间有些低落，点了点头。

"那你打算怎么办？"

"我也不知道。"林聿言说，"他已经帮我选好学校了……不过我妈妈应该会帮我，所以不用太担心。"

顾耀扬说："如果你妈妈不帮忙呢？"

"不会的，我妈妈肯定……"

"我是说如果你妈妈也反对你去艺术院校怎么办？"

"那……那就没办法了。"林聿言叹了一口气。

顾耀扬的手指无意识地敲着花名册："你不喜欢画画？"

林聿言说："喜欢呀。可他们如果全都不同意的话，我也不知道怎么办，我爸爸很强势的，我一直都很怕他。"

"对啊……"林聿言似乎刚刚意识到这个问题，猛地坐直身体，着急地说，"如果他们都不同意该怎么办啊？"

顾耀扬看了林聿言几秒，神情又回到了往常的状态，挑挑眉，继续翻着花名册。

道路湿滑，大巴一直开得比较平稳，到达小渔村时天已经黑了。

俱乐部提前在这里订了民宿，按照分组，选手们依次下车，寻找自己的房间。

最后还剩下几个人，曾先生、顾耀扬、林聿言以及邵征和一位带队经理，分别住在散落在村里的独栋木屋。

每栋木屋距离几十米，房间不算大，分了上下两层，客厅只放得下一张沙发和一张桌子，墙上挂着电视，还有一个小小的书架挤在角落里，放着关于小渔村的介绍。

这里偶尔会有极光路过，不过今天是阴天，应该看不到了。

林聿言顺着房间里的小梯子爬到二层，上面只有一张厚厚的床垫，还有一个三角形的小窗户。

"我去找邵征，你自己收拾一下。"顾耀扬似乎有些忙，说完就出门了。

林聿言挂在梯子上点了点头，打开行李箱，把洗漱用品拿了出来，又把两个人的睡衣拿出来放好。

顾耀扬睡觉不喜欢穿睡衣，大多都是一条居家长裤，一件宽松的 T 恤，林聿言看他穿过两次，就一并帮他拿了过来。

林聿言把零食拿出来摆在桌上，打开电视找了一部电影。

一个小时后，顾耀扬还没回来。

电影差个结尾，林聿言耐心地看完，拿出手机看了眼时间，瘫在沙发上。

邵征是和那位经理住……还是和曾先生一起住，还是和自己住？

又过一个小时，顾耀扬还是没有回来，林聿言坐不住了，都两个小时了……为什么还不回来睡觉？

林聿言想要问一下，又怕打扰他，瞥了一眼桌上的零食，灵光一闪，穿上了外套。

"孟虎的技术没什么问题，但他重量不够，国内的组织一般没有严格的职业标准，再加上以前经常去黑市练拳，野动作太多。"邵征原本跟带队经理一起，但经理似乎有事情和曾先生讨论，就换到单间，房间布局都是一样，只是这里更小些。顾耀扬坐在沙发上，对着孟虎的资料研究。

"查理和刘同要好一点，查理本来就有一些血统优势，再加上以前参加过很多当地的职业赛，不担心违规这种事情，刘同也是，白人混血，但他也是体型偏弱，只能靠技巧取胜。"

邵征那一脑袋黄头发都长出黑发根了，还没来得及去剪，可见过来这两周有多忙。

他刚要继续说，顾耀扬示意他暂停，走到门口拉开房门，发现林聿言正趴在门口，偷偷摸摸地顺着门缝往里看。

"嗨……"

顾耀扬抱胸，居高临下地看着林聿言："你怎么来了？"

林聿言手上拎着一个塑料袋，眼珠滴溜溜地转乱，歪着头又冲屋里的邵征打个招呼，笑着说："没，没事……我给邵征送点零食，我怕他饿了。"

顾耀扬问："你什么时候跟邵征这么熟了？"

"啊……"好像真的不熟，都没说过几句话。

小骗子。

顾耀扬一眼看穿了林聿言的想法，揉揉林聿言的脑袋，说："进来吧。下次别送了，他不爱吃。"

不爱吃的话已经说出来了，邵征摸了一把咕噜乱响的肚子，看着零食袋也没敢伸手。

林聿言突然到访，并没有影响两个人继续讨论选手的问题。林聿言坐在顾耀扬旁边听着，虽然不太懂，但也始终保持安静。

"科尔戾气太重，好像是家庭的原因，我觉得他需要做做心理疏导，不然上台之后很容易暴走失控……"

"嘘。"几分钟后，顾耀扬肩膀一沉，一颗圆溜溜的小脑袋就靠了上来。

他稍微等了等，直到林聿言睡熟，才轻轻地将人挪到沙发上的抱枕上，又让邵征拿来一条毯子，盖在林聿言的身上。

今晚的工作必须做完，每一个选手特征和优缺点，都要分析到位，这样明天的拓展才有意义。

顾耀扬依旧没什么表情，但手上的动作却非常轻柔。

他腿长，为了让林聿言躺得舒服些，几乎没坐到什么位置，非常别扭。

邵征认识顾耀扬这么多年，从没见过他这么温柔的一面，想了想问道："林聿言……有这么特别吗？"

顾耀扬说："或许吧。"

"说说？"

顾耀扬拿起笔，在科尔的名字上画了一个问号，带着笑意说："让我想要和他站在一起，站在那种被阳光包围的地方。"

Chapter 11
你是哪来的"记仇精"

后来熟悉了，就觉得他挺好的。

"那你……"

"邵征。"顾耀扬再次把目光放在花名册上，说，"科尔要单独训练，还有你的口语，赶紧练练。"

邵征崩溃："耀扬，咱们以后真的就干这一行了吗？"

"不然？"顾耀扬问，"你还想回黑市？"

邵征说："倒也不是，毕竟难得有这种机会，我也想活得好一点。"想了想："算了，口语……我加把劲儿吧。"

林聿言半梦半醒中似乎趴在谁的背上，凉风一吹，稍微清醒了一点，含糊地问："你忙完了？"

"嗯。"

"几点了呀？"

"两点。"

林聿言说："怎么这么晚啊？"

顾耀扬没答，只是应了一声。

林聿言傻笑："幸好我来找你了，不然就要等到明天了。"

顾耀扬挑了挑眉："你不是给邵征送零食的？"

林聿言忘了自己撒的谎，说："我是来找你的。"

次日天还没亮，顾耀扬又走了，俱乐部五点集合。

林聿言醒来蒙着脑袋叹了一口气，发了一会儿愣，听到有人敲门。

林聿言说了声"稍等"，顺着梯子爬了上去，看到曾先生提着画具站在门口。

"走吧，带你去写生。"曾先生不知道在哪里租了一辆车，带着林聿言来到四五公里外的海边。

海边风景不错，有破旧的船只，荒废的啤酒屋，还有一栋用玻璃建成的透明房子，里面温度刚好，可以欣赏外面的风景，似乎是专门用来拍照或是绘画的地方。

林聿言支好画架，问道："顾耀扬今天都要忙着训练吗？"

曾先生点点头说："是啊。"又笑道："我没想到他这么负责。"

林聿言笑着说："我以前也没想到。"

"哦？"曾先生坐下问，"那你以前又是怎么看待他的？"

"我以前觉得他很讨厌，后来熟悉了，就觉得他挺好的。"林聿言调着颜料，嘴角上扬。

他想了想，问曾先生："老师……我能叫您老师吗？"

曾先生说："可以，我现在就是你的老师。"

林聿言笑着又叫了一声，随口问道："老师，您有喜欢的人吗？"

曾先生说："当然有啊，我已经五十几岁了，当然会有喜欢的人。"

"那你们，没住在一起吗？"

说到这里，曾先生的表情变了变，林聿言立刻意识到自己说错了话，急忙道歉："对不起老师，我……"

曾先生拿着笔蘸了一点颜料，笑着说："没事，我们……三十多年前，就错过了。"

"错……错过？"

"是呀，她儿子都已经结婚了。"曾先生似乎陷入了回忆，眼中带着少许不甘，还有不得已的释然，"我们两个是同学，那时彼此喜欢，她知道我喜欢她，我也知道她暗恋我。但那时年轻气盛，谁都憋着不说，就想等对方先开口，总觉得先开口的那个人就输了。现在想想，不说的那个人才是真的输了……"

"拖着拖着，就拖了七八年，谁都累了，再想表白的时候，却发现一切都变得不一样了，她身边已经有了主动追求的人，而她也不想再跟我浪费时间，最后还是她主动说了喜欢，但是那句喜欢，也代表了再见。"

林聿言怔了怔："那您，没有挽留她吗？"

"挽留了，可是两个人错过的时间，又怎么留得住？难道要穿越回去，再从头来过？"

"所以啊，不管怎样，都要勇敢一点。无论结果如何，至少不会留下遗憾。"

时间过得很慢，虽然林聿言一直努力沉浸在创作当中，曾先生教的知识点也都认真地记在心里。

"晚上可能会一起吃饭。"

"嗯？"

曾先生说："耀扬过来之后，确实辛苦那群孩子了，让他们放松一下，办个小型宴会。"

晚上八点半，带队经理在临近海边的民宿门口架起了篝火，但是外边太冷了，只是做个摆设，还是在客厅活动。

这间民宿地方很大，有一个专门为旅行团准备的聚会大厅，中间摆了一排长桌，地上铺着厚厚的地毯，还有几个懒人沙发，方便选手游戏放松。

顾耀扬带着选手过来的时候，林聿言正帮经理准备火鸡配菜。经理今年三十几岁，据说没来俱乐部之前是个五星级酒店的大厨，林聿言跟他偷学了不少，正小心翼翼地切着土豆块，听到有人说："这是谁家的小厨师？"

林聿言抬眼，看到顾耀扬，开心笑了笑，又趁着经理回头调烤箱温度的时候，捏了一小片火腿，递到顾耀扬的嘴边。

顾耀扬愣了一下，就着林聿言的手指把那片火腿衔到嘴里，说："还不错。"

林聿言不好意思地笑了笑，看起来有点紧张，然后深呼了一口气，调整好表情放下刀，斟酌道："顾耀扬，我有话想跟你说……"

"嘿！G，能不能帮我看一下这个规则？"这时，有人拿着一份文件跑过来说，"我觉得这个不太合理，如果对手在台上对我发起了致命的攻击，我不违规的话，要怎么……"

顾耀扬让他闭嘴，又看向林聿言，问道："你要说什么？"

林聿言说："没事，你先去忙。"又赶紧顺了口气，缓解了一下紧张的情绪说："待会儿告诉你。"

顾耀扬点头，跟着选手走到一边。

他们刚离开，孟虎和查理就勾肩搭背地走过来，坐在附近的垫子上。

林聿言帮忙端了一份火鸡肉，跟他们坐在一起，孟虎尝了一口鸡肉吐槽难吃，又开始怀念家乡的美食。

林聿言觉得还好，看了看查理，犹豫半晌，问道："你的中文名字，是谁帮你取的？"

查理说："孟虎呀。"

林聿言"哦"了一声，发现孟虎正疯狂地冲自己眨眼睛，查理问："名字有什么问题吗？"

林聿言一时不知道该不该说，孟虎立刻回答："没问题啊，我给你取的名字能有什么问题？"

"真的？"查理似乎早就怀疑了，"那为什么每次我向你们那里的人做自我介绍，他们都会发出奇怪的笑声？"

孟虎咳了一声，试图狡辩："我觉得你不应该怀疑我，我给你取的名字没有任何问题。"

查理狐疑地打量着他，又问林聿言。

林聿言瞬间躲开他的目光，顾左右而言他："我……我去卫生间。"

卫生间不在室内，林聿言想站在门口等个几分钟避避风头，却没想到孟虎也跟了出来，偷偷跟林聿言说了谢谢。

林聿言说："不然你给他改个名字吧，叫这个真的不太好，也太欺负人了。"

孟虎说："就是欺负他啊，你不知道，我刚来那天被他打得多惨，当然要找机会报仇。"

"报仇可以换一种光明正大的方式啊。"林聿言不太赞同，"而且你们现在关系不是很好了吗？"

孟虎说："关系好是一回事，欺负人又是另外一回事，我打不过他，嘴上还不能占点便宜吗？反正他以后就是我孙子了，改不了。"

林聿言还想劝他及时行善，目光一扫，发现查理已经气势汹汹地跑了过来，旁边站着可疑的曾先生，一副看热闹不嫌事大的起哄嘴脸。

孟虎骂了一句脏话，转头就跑，还不忘喊上林聿言，林聿言颤抖地说："关……关我什么事啊？"

孟虎说："你是帮凶啊！知情不报！"

林聿言仔细想想，还真是这么回事，兔子似的跟着跑了。

林聿言没什么运动细胞，平时在雪地上走路都要滑倒，更别提跑了，一步三滑，差点趴在地上。孟虎还算讲义气，看在同乡的分上，一直帮林聿言打掩护："快快快，攒雪球。"

孟虎说完，已经冲查理抛出一个巨大的雪球，正中眉心，奇准无比，顺带自夸了一句："厉害。"紧接着发起第二轮攻击。

林聿言手法不准，但依旧造成了查理的视觉障碍。

查理肩膀又中一弹，冷静地想了想，跑回大厅吼了一嗓子，随即，一场轰轰烈烈的雪仗就此拉开帷幕。

人多起来，连敌友都分不清了，孟虎宽大的脑门连中几招，捂着脑袋连滚带爬地换了阵地。

林聿言也想跟着跑，结果刚站起来，就看到一个巨大的雪球迎面冲来，吓得一动不动急忙闭上眼睛。

"白痴！闭上眼睛，球会消失吗？"

顾耀扬不知什么时候来的，帮林聿言挡住雪球后又拽起林聿言，跑到不远处的礁石后面，林聿言惊喜地问："你怎么出来了？"

顾耀扬拍了拍林聿言身上的雪，戳着林聿言的脑门说："怕你被雪埋了。说，谁打你了？"

林聿言刚刚中了几弹，兴奋地说："你要帮我报仇吗？"

顾耀扬："嗯。"

"那个那个，穿着蓝色羽绒服的。"他们的位置还算隐秘，不仔细看根本发现不了。

顾耀扬随手攒了一个雪球，对准蓝色棉袄砸了过去。

"谁打我？！"

"还有那个！金头发、绿眼睛的！"

顾耀扬应了一声，又攒了一个雪球，对准金发碧眼的后脑勺，又是"嗖"的一声。

"谁搞的偷袭？"

"哈哈哈！"林聿言捂着嘴咯咯直乐，又对着粉毛说："查理查理还有查理，他打了我两下！"

顾耀扬一边攒雪球，一边瞥林聿言："你是哪儿来的'记仇精'？打了几下都记得？"

话音未落，查理的后脑勺就连中了两下，号叫几声立刻扭头，似乎发现了林聿言露在礁石外面白色羽绒服。

"是 G！G 在石头后面偷袭！"

"教练玩阴的！有本事出来打！"

有人胆小："G，G 可是教练，打……打吗？"

有人起哄："打吗？打啊！就今天！有仇的报仇，有冤的报冤！别忘了他之前怎么打咱们的！"

"啧。"顾耀扬眯着眼睛，看起来有些危险。

林聿言既紧张又激动："怎么办呀？你能打过他们吗？"

"你猜？"

"要……要试试吗？"说完，就见顾耀扬脱下外套蒙在两个人的头上。

林聿言问："要怎么打？他们那么多人。"

顾耀扬一只手撑着衣服，一只手将林聿言拽了起来，务实地说："打个屁，快跑。"

礁石旁边有一个斜坡，跑上去穿过一片小树林，就彻底避开了下面那些人的攻击。

林聿言跑得脸都红了，还一直笑个不停，自己从来没有这样疯玩过，哪怕跟卓航他们在一起，也没体验过这样的感觉。

沿途都是绵绵白雪，因为属于景区范围，每隔几米都竖着昏黄的路灯，看得清路。

林聿言说："我还以为你可以把他们全都打倒。"

顾耀扬好笑地问道："我是超人吗？"

林聿言耳根泛红，嘀咕道："我觉得你是。"

可林聿言的声音有些小，顾耀扬迈着长腿走在前面，似乎没听到。

"顾耀扬！"

"嗯？"顾耀扬听到声音回头，一个松松散散的雪球迎面砸来，"啪嗒"一声，掉在他的脚面上。

"哈……哈哈。"林聿言干笑两声，刚打算蒙混过关，就见顾耀扬冲自己哼笑了一声，弯下了腰抓了一把雪。林聿言吓得掉头就跑，谁想刚跑两步，就被一只大手抓住，林聿言弯着眼睛连声求饶。

等了几秒钟，预想中的疼痛并没有到来，顾耀扬冲着林聿言的鼻头轻轻一弹，只弹落了几片雪花。

除了有点凉，没有任何感觉。

"你是哪儿来的坏蛋？"

林聿言没出声，只是笑着看他，说："顾耀扬，我觉得你挺好的，我们做最好的朋友吧。"夜空中隐隐出现了几条带状的光，那是林聿言期待已久的极光。

拓展训练只用了一天半的时间。第二天下午，所有人坐着大巴车原路返回。

由于临近职业联盟的预选赛，顾耀扬渐渐忙了起来，每天八九点才回宿舍，还要打电话跟邵征和俱乐部经理讨论工作的事情。

跟顾耀扬比起来，林聿言就轻松很多，虽然快开学了，但他成绩好，没有太多压力。

林聿言原本就想去艺术院校，趁着这段时间跟曾先生学习，对林聿言来说是最好的助力。

林聿言正在积极准备一幅让父亲认可的作品，希望父亲可以看到自己的进步，支持自己的梦想。

林聿言回来得比顾耀扬早，帮着点了两天外卖，又研究起了做饭。

这会儿正在厨房煲汤，小心翼翼地往汤锅加了点盐，刚想尝尝味道好不好，身后就有动静，林聿言扭头，直接让顾耀扬尝，问道："怎么样？咸吗？"

顾耀扬还没开口，林聿言又说："说实话！不可以骗人。"

顾耀扬说："我骗过你吗？"

林聿言撇嘴："你没少骗我。"

"淡了。"

"真的？"林聿言不信，还是自己尝了尝，结果真的有点淡，又加了少许盐，再次让顾耀扬试。

顾教练不喝，看起来有些受伤，淡淡地说："你不信任我。"

林聿言眨了眨眼，把勺子放回去又关了火，转过身问："你……你是在卖萌吗？"

顾耀扬说："怎么，不可以吗？"

林聿言从没见过顾耀扬的这一面，弯着眼睛说："当然可以啊！"

开饭前顾耀扬又炒了一个菜，林聿言还掌握不好火候，需要慢慢练习。

正吃着，顾教练的手机又响了起来，他简单地应了几声，挂断了电话，站起来准备出门。

林聿言问："去哪里？"

顾耀扬说："有个选手最近情绪不太好，晚上训练的时候把邵征打了，人跑了。"

林聿言放下碗筷跟着走到门口，"你要去找他吗？"

顾耀扬点了点头："大概知道他在哪里，我过去一趟。"

林聿言说："我能去吗？"

"你……"

林聿言说："我肯定不会捣乱，如果你们发生了肢体冲突，我绝对不会帮忙。"又拿起手机说："没……没准还能第一时间帮你报警。"

顾耀扬看着林聿言，突然想到了文昌街那次，那次明明提醒了他不要跟着，结果某个人还是不听话地偷偷跑了过去。

算了，跟在身边还能安全一点。

于是顾耀扬帮林聿言拿了外套，严肃地警告："可以去，但你要乖乖听话。"

林聿言立刻点头，开心地穿上了衣服。

打了邵征的那位选手，就是拓展那天提到的科尔，他出身于莫斯汀最南部的贫民窟，血统混杂饱受歧视，父亲是个酒鬼，母亲是个赌徒，没来俱乐部之前是个偷鸡摸狗的小混混。

有一次曾先生目睹了他当街打架，就把他招揽过来，想要培养成格斗选手。

人是来了，但乖张暴戾，不服管教，让曾先生十分头疼。

"那为什么曾先生还要招揽他呀？"林聿言跟着顾耀扬来到一条繁华的商业街，这里比较热闹，街上人来人来，还有流浪艺人在路边弹奏钢琴。

林聿言扭头看了一眼，从兜里掏出一张纸币，放进演奏者用来乞讨的帽子里。

演奏者是一位白发苍苍的老人，对林聿言颔首笑了笑。

顾耀扬站在原地等着，直到林聿言跟上来，才继续说："因为他不是个好人。"

"啊？"林聿言说，"谁不是好人？"

顾耀扬说："曾毅。"

"怎么会？"林聿言说，"不要诋毁我的老师。"

顾教练似乎对"我的老师"这几个字非常不满，变本加厉道："他如果是个好人，就不会开一家格斗俱乐部了。"

林聿言说："开俱乐部是因为老师喜欢格斗，他没有强健的体魄，就不可以为梦想出一份力了吗？"

顾耀扬冷声："什么梦想，他就喜欢看别人打架，一拳一拳产生的暴力冲击，能激发他体内的兴奋因子。"

林聿言说："老师才不是那种人。"

顾耀扬瞥他："你才认识他几天？从他能认识我就可以看出来，他根本不是一个好人。"

林聿言皱了皱眉，停下脚步。

顾耀扬问："怎么？"

林聿言不高兴地说："你凭什么说我的好朋友不是好人？"

"你……"顾耀扬怔了怔，难得被噎了一下，没生气反而嘴角上扬，揉着林聿言的脑袋妥协道，"行吧，你的老师，人还不错。"

林聿言轻轻"哼"了一声，刚准备继续跟他聊天，就听身后有人大喊："小偷！抓小偷！"

Chapter 12
在聚光灯下让人欣赏

他需要未来。而你的出现，能改变他的未来。

林聿言和顾耀扬同时回头，看到一个高大的身影从一家面包店跑了出来，穿着俱乐部的队服，在人群里横冲直撞，还推倒了好几个路人。

"科尔。"顾耀扬眯起眼睛，对林聿言说，"你站在这里不要动，等我回来。"

"可是……"

"听话。"说完顾耀扬一个箭步向前，冲着科尔的方向追了过去。

林聿言知道自己跟过去也帮不上忙，赶紧拿出手机打了报警电话，又看着顾耀扬离开的背影隐隐担忧。

这个科尔他见过，不是顾耀扬的对手。但还是忍不住担心。

林聿言原地走了两圈，看到刚刚那位弹钢琴的老人倒在地上，帽子里的硬币洒了一地，正努力地想要爬起来，把钱收好。

　　林聿言赶忙跑过去帮他，发现他的手背流血了，估计是科尔冲出来时候推了他一把，受了伤。

　　附近刚好有个药店，林聿言想要把他送过去，他却摇了摇头，还想坐在钢琴前演奏。询问之下，林聿言才得知老人的妻子卧病在床，正在攒明天的药钱，还差一点就能攒够了。

　　林聿言立刻拿出钱包想要给他，却被老人拒绝，说他刚刚已经收了门票钱，不能再要了。

　　林聿言想了想，才明白老人把路人对他的施舍，当成了音乐会的门票。

　　"那……那您需要嘉宾吗？"

　　"嗯？"

　　林聿言刚刚去药店买了一些止血的药，递给老人，又看着大街上有增无减的路人，想了想说："您先休息一下，等您手上的血止住了，再由您来表演。这……这期间，我来当您的嘉宾，帮您吸引观众，可以吗？"

　　老人的手伤得确实有些严重，他考虑了一下，对林聿言说了声谢谢。

　　林聿言坐在钢琴前深吸了一口气，还是第一次在路边表演，小时候上过几节钢琴课，虽然学的时间不长，但乐感很好，弹得也不错。卓航常说，林聿言如果选了音乐这条道路，可能已经是个小有名气的钢琴家了，哪像画画，画了半天画不出个名堂，还浪费了那么多的时间。

可林聿言就是更喜欢画画，哪怕别的事情自己可以做得更好，也依旧改变不了自己对画画的喜欢。

从某种程度上来讲，有点傻，也有点一根筋。

林聿言冷静了一会儿，还是有些紧张，但是话已经说出去，又不能临阵退缩。他翻开老人的乐谱，找了一首曾经学过的曲子，双手放在了琴键上。

相比老人低沉哀转的曲调，林聿言选的这首轻快很多，悦耳的音符从指间流淌。林聿言一边弹一边看着顾耀扬离开的方向，心里猜想着，顾耀扬是不是快回来了。

冬天的风很冷，一首还没谈完，林聿言的手就快要僵住了，也不知道老人是怎么在这种寒冷的天坚持下来的，刚想把这首弹完暖暖手，就有人坐在了他旁边。

是顾耀扬。

他追着科尔跑了一圈，把人绑成了粽子扔在路边，脸不红心不跳地从后面绕了回来。

轻快的钢琴旋律并没有停止，顾耀扬坐在林聿言身边，也开始帮忙演奏。

林聿言没想到顾耀扬会弹琴，但仔细想想，又觉得没什么可奇怪的，顾耀扬聪明，他什么都会。

一首连着一首，两人一起合奏。

可能大多数人还是喜欢节奏轻快的音乐，渐渐地，路人越来越多，看着两个嘴角上扬的人挤在一起，一边弹琴，一边偷偷说话。

科尔的事情没有就此了结，面包店老板拒绝和解，强行把他送到了警察局。

曾先生接到电话亲自出面，把科尔捞了出来，坐在警局大厅里好一顿劝说。科尔二十几岁，活到现在没得到过任何人的关心，被曾先生这样不离不弃真诚以待，心中隐隐产生了一些感激，痛定思痛，决定改头换面，重新做人。

墙角站着的两个人，围观了全程。

林聿言刚刚坐在外面弹琴，鼻子有点红，顾耀扬让林聿言戴上帽子。

"你今天还诋毁老师，他明明慈祥善良，德高望重。"眼看着曾先生抱着科尔眼圈泛红，林聿言也跟着有些感动。

顾耀扬瞥了林聿言一眼，不屑地哼笑出声。

林聿言说："你笑什么？"

顾耀扬说："咱们前脚刚到警局，他后脚就跟过来了，他家距离警局这么近吗？"

林聿言说："或许他就在附近呢？"

顾耀扬说："你信吗？他平时连门都不出。"

林聿言说："平时不出门，不代表一直不出门呀，而且莫斯汀这么小，接到电话立刻开车过来，也用不了几分钟。"

"林聿言。"顾耀扬眯眼。

"嗯？"

"平时怎么没见你说话这么利落？维护起你老师倒是一套一套的？"

林聿言觉得顾耀扬有点生气，奇怪地问："我们只是在讨论问题，你干吗发脾气？"

顾耀扬说："我什么时候发脾气了？"

"你有。"林聿言说，"你的声音比平时高了两度。"

"我……"

顾耀扬没再出声，拉着林聿言往外走。

林聿言问："去哪儿啊？"

顾耀扬说："带你见识一下你老师的真面目。"

晚上十一点多，街上已经没什么人了，演奏钢琴的老人攒够了明天的医药费，把琴寄放在附近的店家，也托着受伤的手回去了。整条街都暗下来，只有那家遭了抢的面包店还亮着灯。

遇到这种事情，组织员工开会提高警惕，晚点下班无可厚非，但是店里根本没人，就连之前对着科尔破口大骂的店长也不知去哪儿了。

顾耀扬带着林聿言站在马路对面，等了十几分钟，竟然看到曾先生又拄着一根拐杖溜达了过来。

林聿言眨了眨眼，天真地问："老师是来帮科尔跟店主道歉的吗？"

顾耀扬冷漠道："怎么可能。"

"那是……"正想着，始终没出现的店主竟然从面包店走了出来，先跟曾先生打了个招呼，又热情地拥抱在一起。

林聿言怔了怔，看着两人热切地聊天，惊讶地说："难道科尔是……冤枉的？"

顾耀扬说："不算，但他偷东西，肯定是店主刻意引导的。"

林聿言猜测："也就是说，这一切都是老师设计的？"

顾耀扬点头："如果科尔不是从这家面包店跑出来，或许还跟他没什么关系。但如果是这家，就肯定跟他脱不了关系。"

"为什么？"

"这是他朋友开的。"顾耀扬说完，林聿言才恍然大悟，再次看向曾先生的眼神，有些复杂。

顾耀扬挑了挑眉，面无表情地说："早就跟你说了，他不是好人。诱导科尔犯罪，再把他送进警局，然后亲自出面对他进行教导，包容他所有一切，让他对自己彻底敞开心扉，尽心尽力为自己卖命。"又冷冷地补充道："不要以为他画画得好，就哪里都好。"

"也别搞盲目崇拜，就算是你的老师，也有卑鄙的一面。"

林聿言越听越觉得不对劲儿，看着顾耀扬说："你对曾先生意见很大吗？"

顾耀扬懒洋洋地说："没有啊。"

没有才怪。

林聿言仔细回想了一下，似乎每次自己提起曾先生，顾耀扬都是这个态度，爱答不理还总是诋毁人家："你不会……"

"嗯？"

林聿言迟疑了几秒，试探地问："你不会是嫉妒老师吧？"

顾耀扬哼笑道："我有病？嫉妒他干什么？"

林聿言竟然在他眼中发现了一丝遮掩的神色，缓缓咧开嘴角，笑眯眯地问："你不会是真的嫉妒吧？难道是因为我总夸奖老师？"

顾耀扬不咸不淡地说："我疯了？"

"哈哈。"林聿言笑得更开心了，"你就是疯了，幼稚鬼。"

顾耀扬不想理林聿言，转头就走，林聿言跟在他后面，始终笑个不停。

林聿言渐渐发现了顾耀扬孩子气的一面，会嫉妒会卖萌，会因为自己夸奖别人而不开心。

林聿言为这些重大发现雀跃不已，一路上都在嘲笑顾耀扬是个幼稚鬼，结果得意忘形，还没到家，就被顾耀扬按在路边的电话亭上。

"你……你干吗？"

"谁是幼稚鬼？"顾耀扬略带威胁地问。

林聿言心虚地说："我……我是……"

顾耀扬不愿意承认，林聿言也就不提了，但还是认为顾耀扬害羞，偷偷把这件事放在心里，独自高兴。

第二天照常去曾先生那里画画，虽然自己老师被顾耀扬诋毁了一通，但林聿言对老师还是非常尊敬的。

不过最近曾先生很忙，上午去俱乐部，下午回来指点林聿言。曾先生又收到了一份邮件，点开看了看，说道："聿言，你这几天有其他的事情吗？"

林聿言放下笔说："没有啊。"

曾先生说："那刚好，下周末我要在南边办个展，你跟我去帮忙。"

林聿言看过不少画展，但亲力亲为跟着办展倒是第一次，展厅也不是现成的。

曾先生前段时间在郊区的山脚下买了一套小木屋，准备改造改造，当自己的展厅外加工作室。

曾先生平时就在家里画画，如今弄个工作室，估计是在家里待腻了。

莫斯汀的天气渐渐回暖，林聿言穿着一件厚毛衣，围着一条沾满颜料的花围裙，站在梯子上帮着曾先生在墙壁上涂色。

墙上是曾先生画好的风景，春夏秋冬，四季交替。

曾先生跟小徒弟一个打扮，端着调色盘，拿着画笔勾绘秋天的梧桐树叶。

林聿言不怎么会干活，脸上五颜六色的，从梯子上爬下来。

曾先生跟着笑了笑，黑白配的小胡子左右动了起来，把坏主意打到了林聿言的身上。

"徒弟啊，我能叫你徒弟吗？"

林聿言说："当然可以啊，你叫我什么都行。"

曾先生满意地点点头，拐着弯问道："你对职业擂台比赛了解多少？"

林聿言说："不算特别清楚，但顾耀扬来的时候我查过他的资料。"

"那就是知道一些？"

"嗯。"

曾先生说："其实前阵子有几个经纪公司过来找我，希望我能把耀扬让给他们。"

"为什么？"

"因为他非常抢手，之前就很多俱乐部抢着签他，是他自己选了我这儿，又不打算当职业选手。但你也知道，我非常想让他参加职业比赛。"曾先生叹了一口气，"而且今年参加训练的选手并不是很好，联盟那边让我们推荐三个名额，到现在还差一个空缺。"

林聿言知道曾先生一直想让顾耀扬打职业赛，可顾耀扬有自己的想法，跟他的往事有关，也不是谁能轻易改变的。

"可他不想……"

"所以才来找你啊。"曾先生说，"你知道耀扬为什么不想参加吧。"

林聿言点点头。

曾先生瞥着自己徒弟，继续劝说："但他的父母早就不在了，他家那些事情也跟他没有任何一点关系，他不应该背负他父母的罪名，一直困在过去。他得往前看，他得有未来。"

曾先生放下调色盘拍了拍林聿言的肩膀，语重心长地说："你想让耀扬一辈子活在过去吗？"

林聿言摇头。

"所以，你得帮帮他。"

"我？您不是说，他不需要……"

"就是你。"曾先生说，"我确实跟你说过，他不需要别人拯救。"

"嗯。"

"但是他需要未来。而你的出现，能改变他的未来。"

未来这个词太遥远了，远到林聿言根本就没有想那么远。

但曾先生今天提起来了，林聿言就跟着想了想。

墙上四季交替，放眼望去，像是过了一年又一年。也好像从这一刻开始，林聿言更了解了顾耀扬一些，也更加确定，自己的存在对于顾耀扬来说，意味着什么。

今天的天气不错，周围的雪也化了很多，午饭是在空荡荡的展厅里面解决的，除了林聿言，曾先生还找来好几个人帮忙。

到了下午，顾耀扬也来了。

"不冷吗？"

林聿言正蹲在院子里清理荒草，戴着一副脏兮兮的白手套，脸上汗津津的。顾耀扬蹲在旁边，帮林聿言擦了擦脸上颜料，跟着一起清理。

林聿言笑着说："不冷，感觉最近气温回升了。"又问："曾先生让你来的吗？"

顾耀扬"嗯"了一声。

林聿言说："他好像有事情要跟你谈。"

"早就说了，一直念叨个不停。"顾耀扬漫不经心地说。

林聿言咦了一声，又问："那你是怎么想的？"

顾耀扬反问："你呢？"

林聿言说："我当然尊重你的想法呀，虽然职业擂台很好，但我还是觉得，你开心最重要。"

顾耀扬说："曾毅不是让你当说客的吗？怎么临时叛变

了呢？"

"哎？"林聿言说，"你怎么知道老师打算利用我呀？"

顾耀扬说："他这时候把我叫过来，能有什么目的？"

林聿言笑着赞美："你好聪明。"

顾耀扬说："你也不赖，还能看出来他打算利用你。"停了几秒，又问："那你呢，抛开我的想法，你觉得我应该选择职业擂台吗？"

林聿言诚实地点头："我希望你可以站在更高更好的位置，你明明那么厉害，没准还能成为格斗明星。"

顾耀扬挑眉："你喜欢明星？"

"不是啊。"林聿言扭头，笑着说。

两人把门口的枯草清理干净，还发现了一片藏在雪堆里的花，虽然已经枯了，但花瓣没掉形状完好。

林聿言摘了一捧花瓣，又在附近找到了一根红色的绳子，把它们绑在一起。

收拾完，两人坐在木质的台阶上晒起了太阳，屋里"叮叮当当"的，曾先生正在指挥着工人，测量尺寸，准备做几个新的柜子。

林聿言站在顾耀扬身边，心想，如果不是出生在那样的家庭，或许他该是一个养尊处优的少爷。

哪怕不是少爷，也应该是一个顽皮阳光又极为优秀的少年。

"我们会一直做朋友吗？"

"嗯？"

顾耀扬突然开口，又问了一遍："你会，放弃我们的情谊吗？"

　　林聿言说："当然不会啊。"

　　"确定？"

　　"我不仅可以确定，还可以发誓。"

　　林聿言说完，竖起两根手指，认真地说："我发誓，绝对不会放弃和你的情谊。虽然因为我的学业，我们暂时不能常常见面，但我们可以打视频电话，毕业之后我就会过来找你。"

　　林聿言能逐渐感觉到自己在顾耀扬心中的分量，顾耀扬似乎把他当成了光。

　　顾耀扬郑重其事的样子，让他有一瞬间的失神。但好在，顾耀扬能帮自己实现画画的梦想，自己也能带给他能量。

　　"如果那时候你选择了职业比赛，我会选择距离你较近的大学，到时候你打比赛，我上学。如果在一个城市就更好了，我们可以同租一个房子，养一只小宠物，小猫或者小狗，小鹦鹉也行。我还要学做饭，等我学会了，就给你准备超级丰盛的大餐。我们还可以养一些花花草草，放在阳台，我的画架也要放在阳台，你的沙袋放在书房里。"

　　顾耀扬反问："为什么你要阳台？"

　　林聿言说："因为我比你小啊，我需要吸收阳光，才能茁壮成长。"

　　顾耀扬笑了一声。

　　林聿言说得太美好了，光是听着都让人心动不已。

顾耀扬还有一个问题想要问，可话到嘴边，又咽了回去，他怕给林聿言提了醒，怕林聿言听到之后就开始退缩。

　　"那你再说一遍，不会放弃。"

　　林聿言扬着嘴角，一字一句地说："我一定不会放弃，无论发生任何事，我都不会放弃。"

　　林聿言说得坚定且认真，顾耀扬沉默许久，扬着嘴角说："那好吧，我可以试着参加职业赛。"

　　林聿言没想到他会做出这样的决定，惊讶地问："真的？"

　　顾耀扬："嗯。"

　　"为什么？"

　　"没有为什么，可能就是想养一只小鹦鹉了吧。"

　　林聿言笑着问："那你会成为格斗明星吗？"

　　"也许吧。"

　　"太好了！"林聿言拿起身边的那捧干花，笑眯眯地递给他，"那以后你做大明星，我做小画匠。"

　　顾耀扬转成职业选手的过程非常简单，他本来也不是正规教练，做什么都是曾先生一句话的事。

　　但工作内容没有太多变化，依旧指导选手，顺便加强了自己的训练，每天回宿舍的时间也就更晚了。

　　林聿言最近也忙，过了一个前所未有充实的暑假，每天跟着曾先生跑前跑后准备画展，到了晚上还要准备作品，向父亲证明自己努力的成果。

　　林聿言画得越来越好了，多年打下来的基础不是无用功，老师用心指点一下，就能找准自己的方向。

"用不了几年，你也能办一个自己的小展了。"曾先生站在林聿言的身后满意地点了点头，笑着说，"果然是我教出来的徒弟，水平就是不一样。"

林聿言对曾先生的感激无法言说，连着鞠了好几个躬才离开他家，去了俱乐部。

晚上十点左右，顾耀扬结束训练，换衣服下楼，看到林聿言正坐在一楼大厅等他。

前台的黑人小姐还没下班，正跟林聿言聊天："G真的太强了，他如果参加职业比赛，我一定是他最忠实的粉丝。"

林聿言听着高兴，跟着傻乎乎地点头："他真的很厉害，曾先生说，现在的职业赛场没什么人可以打倒他。"

黑人小姐说："老板是对的，G的综合实力应该是圈内最强的，虽然他还没有参加比赛，但我知道他会赢。"

黑人小姐冲林聿言眨了眨眼："充满魅力的俊美男人，我能想到G登上擂台的那一刻，能迷倒多少人！他太完美了！还有他那双深沉的眼睛，是我见过最漂亮的黑色宝石，他真的太适合站在聚光灯下让人欣赏了。"

这话刚好被顾耀扬听到了，他走过来，揉了揉林聿言的头发，还觉得挺欣慰。

还有两三天就要开学了，之后最快也要寒假才能见面，但寒假的时候顾耀扬的预选赛也开始了，估计没什么时间。

等林聿言完成学业，毕业时，顾耀扬连决赛都打完了，如果拿了冠军，肯定会一炮而红。

虽然说着不想离开，但到了该走的日子还是要走。

临行当天，顾耀扬想去机场送林聿言，结果刚睁开眼睛就被林聿言推到门外，让他努力训练，不要因为这种事情耽误时间。林聿言又说自己只是回去上课，寒假还会过来，没必要搞得那么隆重。

顾耀扬站在门口，问道："确定不用我送？"

林聿言笑眯眯地说："真的不用，我能自己过来，怎么就不能自己走呀。"

林聿言看起来非常自然，明明前两天还跟顾耀扬哼哼唧唧，结果真要走了，却一反常态，开心得不得了，恨不得下一秒就能登上飞机。

顾耀扬注视着林聿言闪躲的目光，点了点头说："那你到了机场给我打电话。"

林聿言说："快走吧，训练要迟到了。"

顾耀扬应了一声，转身就走。

林聿言等他彻底没影了，才长长地出了一口气，回到房间收拾行李。

这会儿早上九点多，距离起飞还有几个小时，机场距离宿舍不算太远，眼下还有一点时间。

林聿言在房间里转了一圈，竟然罕见地哼起了歌，哼着哼着有点变调，急忙停下来缓了缓，又一路仰着头跑到楼下，翻了翻冰箱，见里面什么都没有，拿着钱包跑了出去。

得找点事情做，不然林聿言要哭了。

怪不得顾耀扬叫人娇气包，林聿言知道自己几斤几两，所以不敢让顾耀扬送。

超市里没什么人，林聿言推着车转了好几圈，买了一些蔬菜，没敢多买，怕顾耀扬不吃。

住在顾耀扬家这段时间，林聿言发现他有个任性的小毛病，一个人的时候绝对不会吃饭，俱乐部管饭就随口吃点，好像吃饭是一件多麻烦的事情，糊弄一口，饿不死就行了。

虽然顾耀扬松口转成职业选手以后，曾先生安排了最好的经纪团队负责他的饮食，但偶尔早回家一趟，又赶上那几天林聿言在忙老师的画展，他就连着饿了两顿，连厨房的门都没开，林聿言走的时候什么样，回来的时候还是什么样。

顾耀扬不仅不爱吃饭，睡眠还极轻，稍微有一点点动静就会惊醒。

"嘿。"突然有人拍了拍林聿言的肩膀。

林聿言回头，发现身后站着一位导购员阿姨，带着同情的目光递来一包纸巾，温柔地说："虽然不知道你发生了什么事情，但请相信，一切都会好起来的。"

林聿言眨了眨眼，刚想问怎么了，猛地察觉手背有点湿，下一刻，竟然从脸上抹到了眼泪？

什么时候……林聿言窘迫地接过导购递过来的纸巾，说了声："谢谢。"心想，幸好把顾耀扬赶走了，不然肯定会被笑死。

真的没想掉眼泪，但也真的……不想走。

情绪一旦上来，就不好控制了，林聿言忍着了好几天，此时结了账，找了一个没人的地方坐了一会儿，越想越觉得难过，抱着膝盖偷偷吸鼻子。

"你都买了什么？"这时有人翻开他的购物袋，又坐在他旁边的台阶上。

林聿言抬头，赶紧擦了擦眼睛，带着浓重的鼻音，小声说："你怎么来了？"

顾耀扬根本没去训练，一直偷偷跟在林聿言身后，看着林聿言莫名其妙地掉眼泪，看着林聿言没精打采地买东西，有用的没用的，买了两大包。

没回答林聿言的问话，顾耀扬从袋子里翻出了一盒水果糖，反问："买这个干什么？"

"给你啊。"林聿言说，"特别好吃，甜的。"

顾耀扬笑了笑，又从袋子里找到一瓶小巧的精油，问道："这个呢？"

林聿言红着眼睛说："是助眠用的，睡觉的时候可以涂一点在太阳穴上，你睡眠浅，要赶快调整过来。"

顾耀扬揉了揉林聿言的头发，又翻到了一个小东西。这东西有点特别，是个小小的人形布偶，戴着一顶黄色的太阳帽，身上还挎着一个小书包，他问："这个？"

林聿言迟疑了一会儿，干咳着把布偶拿过来："这个是我。"

顾耀扬对比了下长相，温声说："还挺像。"

当然像。林聿言特意选了一个黑头发的，又哼哼道："你是不是觉得我很幼稚？"

"没有。"他跟那个娃娃对视了好一会儿，沉声问，"你会回来吧？"

"当……当然会啊。"林聿言呼吸一顿。

虽然只有短短几个字，但林聿言还是听出了浓浓的不舍，瞬间有些手足无措，不知道应该说些什么。

"我……我会回来的，我一定会回来的。"林聿言急忙安慰着。

顾耀扬说："你不能骗我。"

"我……我发誓。"

"不用发誓，只要你能回来。"

林聿言不清楚他为什么执着这一点，他们只是短暂地分开。虽然不舍，但又不是诀别，林聿言想开个玩笑轻松一下，但看顾耀扬的表情，还是只好郑重地说了一声："好。"

林聿言从寒冬回到了盛夏，开始了繁忙的校园生活，和顾耀扬约好了经常视频，聊着身边发生的趣事。顾耀扬已经着手准备比赛的事情了，林聿言完成的那幅作品，也拜托曾先生精心装裱寄回国内，爱惜地用防尘布罩着，准备等爸爸妈妈一起过来的时候，拿给他们看。

不能见面的日子只能隔着手机说话，林聿言躺在床上还非要围观顾耀扬训练，有时太晚了，就抱着手机睡着了，顾耀扬忙完，还能刚好看到林聿言的睡脸，睫毛顶着屏幕，嘴角还挂着口水。他顺手截图，第二天再发给林聿言，还亲手画上个猪鼻子，气得林聿言直拍手机。

今天林聿言特意准备了一个口罩，打算睡觉之前戴上。

"你们后天，是不是就要进行封闭训练了？"林聿言趴在床上，懒洋洋地问。

顾耀扬点了点头，拆着绷带疑惑："你怎么知道？"

"嘿嘿。"林聿言立刻从枕头下面拿着一张门票，上面写着 WCE，"老师寄给我的！"

WCE 是世界上最知名最具有实力的格斗组织，总部设在纳斯卡，每隔两年会举行一次世界级的格斗比赛。

顾耀扬即将参加的就是这场赛事，未来一个月会进行封闭式的赛前预选，能联系的时间更少了。

顾耀扬问："你要来看吗？"

晋级赛第一场刚好赶上寒假，林聿言说："当然会去啊，我说了寒假一定会去找你的，说话算数。而且我也跟老师约好了，要去现场给你加油。"

顾耀扬问："你敢看比赛？"

林聿言苦恼地说："不太敢。"

顾耀扬说："那你怎么加油？"

林聿言说："我可以闭着眼睛给你加油啊。"

"那我等你。"顾耀扬笑了笑，用手指弹了弹摄像头，他跟曾先生还有些事情要谈，提前挂了视频。

林聿言看了一眼时间，晚上八点左右，准备等顾耀扬忙完了再聊一会儿，其实也没什么特别要说的，就是闲聊。今天家里的阿姨临时有事请假了，林聿言放下手机，去楼下拿了一瓶饮料，刚准备上楼，就听到有人拿了一串钥匙，打开了房门。

"妈妈？"

林聿言回头，瞬间绽开一张灿烂的笑脸，门口站着一位气质优雅的漂亮女人，身着剪裁得体的浅蓝色西装，正是林聿言的母亲，徐静兰。

"你怎么回来了？"林聿言扑过去跟她拥抱，开心得原地蹦了两下，一抬眼又看到了门外的林致远，不可思议地问，"难道今天是我的生日？不对啊，还有两天吧？"

徐静兰原本挂着淡淡的微笑，听到这句话又觉得心酸，抚着林聿言的背说："对不起宝宝。"

林聿言赶忙摇头，放开母亲给林致远让了一条路。父亲还是像往常一样严肃，林聿言没有多想，拉着母亲坐在沙发上。

"对了，我有东西要给你们看！"没聊两句话，林聿言就迫不及待地跳起来，匆匆跑上楼。

林致远皱眉看着他的背影，把手上多出来的报纸，扔在了桌子上。

"有什么事情，你好好说。"徐静兰翻着六七年前的新闻，轻轻叹了一口气。

"怎么说？"林致远明显压制着怒火，"都是你这些年的放纵，如果不是你答应让孩子出去玩，聿言能认识这种乱七八糟的人吗？"

徐静兰皱眉，尽量压低声音："什么叫我的放纵？这么多年你管过吗？你眼里除了工作，还有什么？有我吗？有言言吗？派个保姆来照顾监视，你可真是个好爸爸。"

"你有脸指责我？"林致远说，"你可别忘了，当初是你为了工作主动放弃了聿言的……"

　　"你……"徐静兰瞬间沉默下来，平静了几秒，"这件事等言言成年之后再说。"

　　林聿言抱着作品下楼时，察觉到父母之间的气氛不太对劲，刚想问怎么了，就听父亲冷淡地问："顾耀扬是谁？"他似乎不想浪费时间，开门见山。

Chapter 13
无论如何，我都会回来

对不起，我迟到了。

林聿言怔了怔，险些把画掉在地上。

"说话。"

"他……"

"是谁？"

"他……他是我的……"

"好朋友？"林致远拿出一个信封，里面是厚厚的一沓照片，不是现场拍摄的，而是通过街道摄像截取下来的影像资料，很多都是林聿言和顾耀扬在国外的照片，还有一串长长的通话信息，都是他和顾耀扬这段时间的联系记录。

父亲有手段，想收集这些轻而易举。

林聿言脸色煞白，怎么都没想到父亲会发现这件事。

他完全没有任何准备，甚至根本没来得及想，应该如何面对父母。

　　但他了解父亲，眼下只能求助徐静兰，林聿言想母亲向来开明，一定会帮自己，却没想徐静兰上前拉着林聿言的手说："言言，妈妈不反对你交朋友，但是这位顾耀扬同学，你了解他的背景吗？"

　　林聿言说："我……我知道……"

　　"你知道？"林致远把桌上的报纸扔在林聿言的身上，低吼着，"你知道他父亲是做什么的？"

　　"顾家是什么样的家庭你知道吗，还敢跟他混在一起？！你是不是疯了？"

　　林聿言从来没见过父亲发这么大的脾气，吓得心里发慌，不禁往后退了几步，刚刚的报纸有一角抽到了林聿言的脸上，此时红了一片，他颤抖地说："可……可是他的父亲早就去世了。而且，顾耀扬也从来没掺和过他们家里的事情，就算他父亲不对，可他是无辜……"

　　林聿言赶忙摇头："我……我不要……"又红着眼睛对母亲说："妈妈，顾耀扬真的很好，他早就脱离那种背景了，他现在就只是一个普通……"

　　徐静兰说："言言，不是妈妈不同意，而是这位同学他真的有些危险。"

　　林聿言急切地说："他不危险，他真的很好。"又拿着手里的作品说："这个就是他，他会爬到树上去救受伤的小猫，还会温柔地帮小猫打绷带，他真的……"

　　话音未落，那幅作品就被父亲抢了过去，蛮横地砸在地上，"哗啦"一声，画框上的玻璃碎了一地，木架也断了。

林致远穿着皮鞋踩着那幅画，严肃地说："我不管他怎么样，是好是坏，从现在开始，你不能再跟他有任何联系。"

"嘟——"

"嘟——"

楼上的手机响个不停，顾耀扬跟曾先生谈完事情，给林聿言发了几条视频始终没人接通，猜想他可能去洗澡了，决定待会再打。

曾先生走过来说："你真的打算这个时间回去？来回二十几个小时的飞机，能见上面的时间不到半个小时，也太赶了。"

顾耀扬说："不耽误训练就行了。"

曾先生八卦："我能问问赶回去做什么吗？有什么天大的急事？"

顾耀扬从行李箱里拿出一个精致的小盒子。

曾先生猜测："礼物？过生日？"

顾耀扬："嗯。"

曾先生神情复杂："就为了这个？"

"嗯。"顾耀扬挑眉，嘴角泛着淡淡的笑。

回去跟林聿言说句生日快乐，就是天大的急事。

国内刚下完第一场雪。

临州学校附近的别墅区北门，站着一个身体佝偻的保安，五十几岁，干瘦，眼窝凹陷。

他手上拿着一根电棍，正在值班，刚打算点根烟提神，突然瞧见不远处走来一个人，惊讶地说："耀扬？你怎么回来了？"

顾耀扬刚下飞机，看起来风尘仆仆，对保安点了点头，没有出声。

这个保安有些面熟，眉眼间跟邵征有些相似，果不其然，下一句便开口问道："邵征没跟着一起回来啊？"

顾耀扬说："没，他有工作。"

"哎。"保安眯着笑眼，"忙点好忙点好，我们一家多亏了小玲，不然我也没本事给这么好的小区看门。"

他也姓邵，叫邵卫东，是邵征的父亲，顾耀扬每次过来都是从他这进去，这次也不例外。

邵卫东打开门说："上回胡老太给我做了点酱菜，我都放值班室了，待会你出来给你拿点。"

顾耀扬应了一声，拿着生日礼物去了林聿言的家。

他已经十几个小时没联系到林聿言了，昨晚电话还能打通，下了飞机对方就直接关机了。

顾耀扬面无表情地抿着嘴角，看不出任何情绪起伏，他可能什么都没想，也可能什么都不敢想。

林聿言家大门紧闭，平时扔个石头就能把人叫出来，但顾耀扬不想再浪费那份时间，抬起手按下门铃。

几分钟后，有人走了出来，不是林聿言，也不是保姆，而是一个高大的中年男人，林致远。

顾耀扬认识他，以前翻林聿言的资料的时候，见过他父亲的照片。

他知道了。

顾耀扬对上他的眼睛，确认他对自己并不陌生。

"林聿言呢？"

"聿言不会见你。"林致远走到顾耀扬跟前，跟他身高平等，冷淡地说，"你以后也不要再来了。"

顾耀扬没理，问道："林聿言出事了吗？"

"什么？"

顾耀扬说："林聿言一直没接我的电话，我要确认一下，有没有出事。"

林致远说："聿言很好。"

顾耀扬喉结滚动，握着手上的礼物，淡淡地问："那林聿言人呢？"

"不在这里，以后也不会住在这里了。"林致远推了推鼻梁上的眼镜，"相信不用我亲自介绍，你也该知道我是谁。"

顾耀扬沉默，依旧盯着林父。他没有丝毫怯场，哪怕面前站着一个在商场上摸爬滚打、气场强大的精明商人，也没有任何退缩。

反倒是林致远，他皱了皱眉："我不清楚你用什么鬼把戏欺骗了聿言，但从今往后，你们不再有任何关系。"

顾耀扬说："这是我和林聿言之间的事情，我要听林聿言亲口说。"

林致远冷笑："聿言不会见你，也不敢再见你了。"

顾耀扬说："你什么意思？"

"你和聿言既然是好朋友，就应该有所了解，这孩子从来不敢违抗我的意思。理所当然，这次也是一样。"林致远看起来还有些苦恼，"一直以来，我也想知道聿言会不会为了自己喜欢的事情象征性地抗争。但很可惜，没有。"

"别再浪费时间了。"林致远说完就走了，手上还拖着一个行李箱，顺手锁上门。

房子已经空了，林聿言真的搬走了。

其实这个结果，顾耀扬早就预想到了，只是没想到来得这么快。他似乎非常平静，心里没有一点波澜。

他转身走到门口，路过一个垃圾桶，手里攥着早就变了形的礼品盒，想把它扔进去，合了合眼，又放进兜里。

邵卫东早就把酱菜准备好了，跟顾耀扬说文昌街终于被挂了街道牌："以后也是有脸的地方了。胡冬冬期末考了一百分，整条街的人都很高兴，说是个有出息的，以后准能干大事，不走他爹妈那条老路。还有你走之前给周叔找的保姆，特别能干，能背着老周出门晒太阳。对了对了，方杰，你那邻居，那小子竟然是个什么警察，都什么年月了，还住咱们街上搞卧底那一套，但前阵子好像被批评教育了，不知道干了什么糟心的事。"

顾耀扬听着，点了一根烟，手机也跟着响了起来。

电话是玲姐打来的，不可思议地说："疯了，顾鸿那老东西真的死在牢里了，竟然是心梗，真是太便宜他。"

她又立刻笑了起来，高兴地说："耀扬，你跟过去，彻底没有关系了。"

顾耀扬只是淡淡地应了一声，拿着邵卫东给他的东西，又看了眼林聿言的家，直接去了纳斯卡。

参加本次 WCE 赛前集训的选手，突破了三位数，比往年多出不少，都是来自世界各地的格斗精英。

他们需要通过短短一个月的时间，拿到晋级赛的名额，参加决赛直至总决赛。名额只有三十个，竞争异常激烈。

Light3 最终推荐的三名选手是孟虎、科尔和顾耀扬。

更衣室人员混杂，个个都不是善茬，孟虎拉着科尔躲在墙角，看着靠在不远处闭目养神的人说："你有没有发现，G 有点不对？"

科尔平时桀骜不驯，谁都不怕，此时抱着肩膀瑟瑟发抖："有，好像从你们国家回来，就不一样了，太危险了，我很想换个宿舍。"

他们三个住在一起，孟虎赞同地说："咱俩一起换。"又瞥了一眼顾耀扬放在椅子上的运动背包，上面挂着一个异常显眼的人形布偶，跟他冷冽的气质以及眼前的环境格格不入，特别扎眼。

"拜托拜托。"孟虎看到一个壮硕的选手冲着顾耀扬走过去，嘴上默念，"千万别去招惹他。"

但有些人就是喜欢找碴儿，那人随手把那个娃娃扯了下来，讥笑道："你还没断奶吗？小子。"

顾耀扬掀开眼皮看了他一眼，没有出声。

那人以为他怕了，变本加厉地竖起中指。

孟虎捂着眼睛，问道："这不长眼的是谁啊。"

科尔翻着资料："上届亚军克里斯，耐抗能力超强，拳速极快，据说已经连胜三十场了，成绩跟 G 一样，明天就是他们俩的比赛。"

格斗比赛不忌讳赛前挑衅，很多组织还会鼓励这种行为，毕竟怒火越搓越旺，赛场上才能激发斗志，打出最高水平。

"我有点担心。"科尔被曾先生感化之后，整个人都柔软了许多。

"担心 G？你担心他还不如提前买束花，准备送给即将躺在伤病床上的克——不要！"孟虎低吼一声，抻着五根手指悲痛地挽留，科尔抬头，刚好看见克里斯毫不客气地扯断了娃娃的头。

"唔——"紧接着一声巨响，更衣室的铁柜子轰然倒地，克里斯面部抽搐，倒在破损凹陷的铁门上，啐出两颗白牙。

地上的娃娃已经分成了两半，顾耀扬弯腰捡起来，依旧没什么表情。

他沉默了一会儿，想把这个没用的娃娃扔了，却在它身上挂着的小书包里发现了一张便签，上面写满了密密麻麻的字，很小，又拥挤。

"是不是没想到，我还在这里藏了一封信？让我猜猜，你现在一定特别生我气对不对？不要担心，我很快就会回去啦。我知道你看起来很厉害，但其实心里藏着一个胆小鬼。不过你一定要相信我，不要害怕，无论如何，我都会回来的，等我！还要再次强调，注意安全，说好一起长命百岁，可不能骗人的。"

顾耀扬静静看着，看了整整两遍，才久违地勾起嘴角，把娃娃的脑袋连上了。

时间过得很快，预选结束之后顾耀扬成功拿到了晋级名额，孟虎和科尔实力不行，打道回府，整天蹲在俱乐部和大家一起看比赛。

今天是总决赛的最后一场，顾耀扬表现亮眼，晋级开始从未输过。

其中一个选手说："我怀疑 G 平时对咱们有所保留。"

另一个补充："我觉得也是，十八秒 KO 克里斯，那可是上一届的亚军，一个手指头就能把我挑起来，他居然一拳过去就把人放倒了，我甚至怀疑克里斯是演的！"

"不可能是演的，G 直接打中了克里斯的命门，肯定直接 KO。"

"我看了回放，那个死亡高扫也太厉害了，G 平时真的有认真揍我们吗？"

"我从没见过落地那么稳的翻转旋踢，克里斯刚镶的金牙又被踹掉了！"

黑人小姐也围了过来："你们不觉得 G 上身缠着的绷带很性感吗？哦天，真的好想被他拥抱。"

孟虎说："死心吧。"

黑人小姐只是开了一个玩笑，问道："林的学业很忙吗？G 上次回来休整，怎么没看到？而且比赛也没有到场加油。"

孟虎说："不清楚，小言好像换了电话，我也联系不到。"

"啊啊啊赢了！G 赢了！"

俱乐部爆发出一阵热烈的欢呼，顾耀扬从纳斯卡结束了比赛，获得了第十八届 WCE 的总冠军。

此时，他和林聿言，已经分别半年了。

赛后，各地邀请赛接踵而来，国内外的媒体也挤破了 Light3 大门，从晋级赛开始，顾耀扬就已经成了圈内热议的焦点，夺冠更是一举成为最耀眼的格斗新星。

他是历届年纪最小、体重最轻的冠军选手，耳朵上那颗蓝色的钻石耳钉裹着汗水，更是吸引了无数人的目光。

曾先生这几天都坐在俱乐部接受采访，经纪人也跟着忙前往后，健康助理端着一份营养餐找不到冠军本人，跑到前台问黑人小姐。黑人小姐耸了耸肩，表示她也不清楚。

莫斯汀难得有几个月天气不错，没有雪，温暖花开。

顾耀扬穿着一身蓝白相间的运动服靠在俱乐部的后门，正在跟玲姐打电话："找到了吗？"

玲姐说："没有，林聿言一直没有去学校，问了系里的老师，说是转学了。"

"大一转学？"顾耀扬从兜里摸出一块水果糖扔进嘴里，橙子味的。

玲姐说："但是临州所有大学我都帮你问了，根本没有林聿言的信息。"

顾耀扬说："出境记录呢？"

玲姐说："前几天看了没有，应该还在国内。"又道："你还真以为我手眼通天啊，我就是个开酒吧的，而且那小朋友的父亲也不是善茬，他要是真想瞒着，你挖地三尺，也不一定能找到人。"

顾耀扬说："嗯。"

"嗯？"玲姐说，"你想怎么办？总不能就一直这么等下去吧？"

顾耀扬垂眼应了一声："林聿言说了让我等。"

具体等多久，谁也不知道，可能是一年两年，也可能是十年八载。

顾耀扬倒不在意这个时间，他只是希望能有一点林聿言的消息，希望林聿言能平安。只是电话一直打不通，如今也成空号了。

一个月后，他又去纳斯卡参加了一个邀请赛。

任何圈子都是一样，有各自的巨星，也有各自发展的经济链条，顾耀扬作为职业选手已经渐渐走上正轨，经纪人坐在副驾翻着手上的赛事记录，开口说道："如果不是很缺钱的话，我们可以暂时休息一段时间，虽然你没受什么伤，但是频繁出赛还是会让体能下降。"

顾耀扬单手指着座椅扶手看着窗外，淡淡地说："不用了。"

邵征开着车，透过后视镜看了顾耀扬一眼，他们刚下飞机，休息一周，又要赶去下一个城市。

顾耀扬变得更沉默了，以前高兴的时候还会挖苦他几句，这大半年以来，除了公事基本不会出声。

他隐约知道发生了什么事，但顾耀扬没说，他也不好乱猜，只是希望顾耀扬等的那个人能赶快回来。

他好不容易脱离了过去，等着开启新的未来。

邵征把车停在顾耀扬的宿舍门口，刚准备下去帮他拿行李，就听后面的车门猛地开了，顾耀扬跌跌撞撞地从车上跑了出去。

宿舍门口站着一个人，穿着白色的高领毛衣，正在偷偷扒着窗户往里面看，似乎听到了脚步声，怔了几秒，才缓缓地回过头。

是许久不见的林聿言。

林聿言明显瘦了很多，看到顾耀扬本想绽开一个久违的笑容，但对上他的目光，又控制不住地撇了撇嘴。

"你去哪儿了？"顾耀扬哑声问。

林聿言没有回答这个问题，而是小声说："对不起，我迟到了。"

除了道歉，林聿言对这半年来的去向只字未提，林聿言不想说，顾耀扬也没再问。

虽然强打着精神，但林聿言的状态看起来并不是很好。身上尤其地瘦，原本就没什么斤两，现在看起来更是瘦得可怜。

林聿言身上到底发生了什么？顾耀扬靠在浴室门口，听着"哗啦啦"的水声微微皱眉。林聿言这个时间出现，是林致远不再干涉他们来往了？

但如果真的不再干涉，林聿言第一时间不是跑过来，而是应该打电话联系他报平安。

而且这段时间，他一直让玲姐帮忙寻找林聿言的下落，林父如果松口，不可能连玲姐那样的人脉都调查不到。

正想着，浴室里突然传来一声闷响，顾耀扬急忙跑了进去，看到林聿言倒在地上，痛苦地呻吟着。

他想立刻把人扶起来，却不小心看到林聿言的右腿上多了一条明显的伤疤。

林聿言没想到顾耀扬这么快进来，慌忙地扯了一条浴巾极力掩盖，但顾耀扬已经怔在原地。

林聿言趁着他愣神，急忙爬起来，尴尬地笑了笑："脚……脚滑了一下。"

林聿言摔得不轻，走路一瘸一拐的，正拿着毛巾擦头发，却被顾耀扬扶到卧室，安置在了床上。

"怎么伤的？"顾耀扬蹲在床边卷起了林聿言的裤腿。

此时距离近了，伤疤就看得更清楚了，膝盖往下一点，大概有七八厘米长。

周围还有一些严重的挫伤痕迹，虽然现在看已经没事了，但疤痕钉在身上，还是能想象之前的惨烈。

顾耀扬眉头紧锁，又卷起林聿言左边的裤腿，左边倒没什么事，白白净净的。

"怎么伤的？"他又问了一遍。

林聿言想瞒着，但这会儿也瞒不下去了，轻轻笑了笑："出了点小车祸。"

"车祸？"顾耀扬的声音又哑了，像是连着抽了两包烟，连字都说不清楚。

林聿言原本忍得好好的，听到顾耀扬这种语调，又觉得难过，喉咙哽得难受，连着吞咽了好几次，都没能说出一句话。

顾耀扬怔怔地问："是……为了回来找我？"

林聿言说："不是，跟你没关系。"林聿言怕顾耀扬陷入自责，急忙解释："是因为我家里的事情。"

林聿言活了这些年，从没经历过大风大浪。在林聿言看来，自己的人生完美，父母恩爱。虽然从小交友方面不断遇到一些阻碍，但林聿言觉得父母都是讲道理的人，好好跟他们说，他们总会答应。

那天晚上，林聿言被林致远送回了城郊的别墅，母亲也一直陪在林聿言身边。林聿言不停地跟母亲分享着自己的心情，希望母亲可以感同身受，能帮帮自己。

林聿言想，母亲说话一定管用，只要过了母亲这一关，父亲那边就没什么问题了。

只是没想到，整整一个寒假都被困在家里，父亲切断了自己所有的联系方式，哪怕连卓航都联系不到他。

这些都没关系，只要有一点机会，林聿言都想为了能再见到顾耀扬而多努力一些。

那天，林聿言又要去找母亲沟通，下楼的时候，却听到父母在激烈地吵架。

林聿言从来没见过这样的场面，急忙跑过去拉架，却听到了一个无论如何都无法接受的消息。

林致远和徐静兰早就离婚了，一直在林聿言面前演戏，说是怕他伤心，为了他好。

"然后呢？"

顾耀扬靠在床头，林聿言在他身旁，闷闷地说："然后

216

我就真的伤心了。看大门开着，就一个人跑了出去，不小心出了车祸。"

顾耀扬沉沉地道："疼吗？"

林聿言委屈地应了一声："都快要疼死了。"

顾耀扬温声哄着林聿言，又问："那你这段时间，都在医院里？"

"嗯。"

"考试呢？"顾耀扬指的是林聿言想去的大学。

林聿言说："没参加。"又坐起来难过地说："就算我参加了考试，爸爸也不同意我转到艺术院校。他从来不考虑我的感受，我躺在医院那么难受，他还是不同意我见你。母亲也走了，她觉得自责，觉得对不起我，可我根本没有怪她。我能理解她和父亲常年分居没有感情，我就希望她能多陪陪我，可她居然就走了。"

林聿言越说越难过，眼泪控制不住地往下掉。

顾耀扬帮林聿言擦着，林聿言哽咽着说："对不起，我明明努力了这么久，可还是没有办法让他们不再干涉我的生活，你是不是觉得……我很没用。"

顾耀扬说："不是。"

林聿言说："我知道你回去找过我，我怕你担心，怕你难过。我从来没在父亲面前妥协过，我也从来没有想过放弃。"

林聿言似乎知道了，一直以来顾耀扬在担心什么，哭着安慰他别担心，他已经回来了，不会再走了。

林聿言想表现得稍微坚强一点，但终于回到了久违的人身边，又想把这半年多受的委屈全都宣泄出来，眼泪停不下来，眼睛都哭肿了。

顾耀扬站起来去洗手池洗了一块热毛巾，林聿言跟屁虫一样追过来。

"那你是怎么跑回来的？"

林聿言仰着脸，任由顾耀扬用热乎乎的毛巾帮自己擦脸："是卓航帮我的，他有个表哥刚好在那家医院上班，趁着我父亲不在偷偷过来看我，还帮我偷了所有证件，办理出院的时候我就跑回来了。"

顾耀扬点头，擦完脸又把林聿言扶回卧室。

林聿言哭够了，躺下不好意思地滚了两圈，突然看到床边的椅子上放着一个运动背包，包上挂着自己送的娃娃，高兴地跑过去看了看。

结果发现娃娃有点变形，脖子歪歪扭扭的，上面还多了一圈粗糙的线脚。

林聿言又看了两眼，确认买来的时候不是这样，震惊地问："我的脖子怎么断了呀？"

顾耀扬没理，拿过娃娃放进包里，克里斯已经为当初的手贱付出了应有的代价，就不再计较了。娃娃脖子上的黑线是顾耀扬自己缝的。

第二天顾耀扬去了俱乐部，林聿言在家里休息了一会儿，然后打开了行李箱，里面只有几件衣服，还都是在医院时换洗用的。林聿言跟顾耀扬说自己是偷跑回来的，但实际上撒了点小谎。

人总得为自己做点什么，梦想啊，或者别的。

林聿言以前觉得自己没这份胆量，后来发现也没什么难的。喜欢画画，就是要去艺术学院。

喜欢和顾耀扬做朋友，就是要来到他身边。哪怕父亲切断了所有的经济来源，威胁林聿言，如果迈出医院一步，就跟林家没有半点关系，林聿言还是毅然决然地走了。

林聿言不完全是为了顾耀扬，他也想尝试着做一次自己，勇敢地为自己争取一回。

成功了也好，不成功也没白折腾，至少这些都是自己想要的，而不是别人强加在自己身上的。

这段时间的经历让林聿言成长了很多，合上行李箱，拍了拍脸，套上衣服，跟着去了俱乐部。

黑人小姐看到林聿言的时候，兴奋地跳了起来，从前台绕出来热情地跟他拥抱："林！好久不见，你终于回来了！"

林聿言笑着跟着她问好，又问："曾先生在吗？"

黑人小姐说："你不是来找G的呀？"她带林聿言去接待区坐着，又帮林聿言倒了一杯咖啡。

林聿言说："我们已经见过了，早上才刚刚分开。"

"怪不得！"黑人小姐捂着胸口坐在林聿言的对面，夸张地说，"今天G整个人的气质都不一样了，就好像你在的时候。"

林聿言问："我不在的时候……他怎么了？"

黑人小姐立刻露出悲伤的表情："其实不了解他的人也看不出有什么变化，毕竟他总是冷冰冰的，面无表情。但我是他最忠实的粉丝，我每天都在关注他的情绪。"说着揪出一朵放在花瓶里将近一周的太阳花，花瓣都掉光了，蔫巴巴的："你不在时他就像这样，好像头顶飘着一朵乌云，生人勿近，脾气很差，还很暴躁。你都不知道有多可怕，记者都站在距离他一米远的地方采访。"

"但今天的他是这样！"黑人小姐又从沙发旁边抱起了一束刚送来的鲜花，"虽然依旧面无表情，但眼睛里是耀眼的光，特别帅气！"

林聿言听着黑人小姐的形容，隐隐有些心疼。林聿言不知道顾耀扬这几个月是怎么熬过来的，可能跟自己一样，可能比自己还要难熬。

闲聊了一会儿，才想起正事，黑人小姐看了眼时间说："老板和 G 的经纪团队正在开会，对了，你知道 G 获得了 WCE 的总冠军吧？"

林聿言点了点头。

黑人小姐说："G 现在很红，你如果关注格斗新闻，就会知道他有多么成功，他简直是无数格斗者心中的神，前些天还有粉丝过来堵着俱乐部的门口，根本赶不走。"

林聿言没怎么关注新闻，但住院的时候，趁着照顾自己的阿姨打电话的空当，扒在隔壁病房的窗户上看完了整场决赛。

隔壁病房住着一位中年大叔，刚缝合的伤口，随着顾耀扬获胜，又崩开了。

这时，前台的电话响了起来，黑人小姐示意林聿言稍等一会儿，回到了工作岗位。

半个小时后，曾先生忙完了，林聿言上楼找他，透过会议室的玻璃，看到了顾耀扬。

顾耀扬也看见林聿言了，想走出来，林聿言却摆了摆手，意思是让他先忙，自己跟老师说点事情。

顾耀扬点头，继续跟经纪人谈着工作。经纪人三十出头，第一次带势头这么猛的新星，还有点应接不暇，手上的合作案邀请赛一个接着一个，要是全接了，未来两年都没有任何空闲。

"还是做一些取舍吧，虽然哪一个合作都很有分量，会让你在圈内越来越红，但你的身体肯定会超负荷，我知道你现在还年轻，不怕这些，但是……"

顾耀扬摇头，看着林聿言的身影，淡淡地说："没事。"

经纪人不止提过一次，但每次都是这样的回应，也不再自讨没趣，开始制订接下来的行程安排。

顾耀扬忙到晚上八点多，回去的时候林聿言已经叫了简单的外卖，等他一起吃饭。

厨房还煲着汤，这段时间没办法学习厨艺，煲汤依旧是林聿言最拿手的。

"回来了？"

林聿言趴在餐桌上没有起身，顾耀扬应了一声，换着鞋问："今天找曾毅说什么了？"

林聿言拿着一支笔，正埋头在新买来的报纸上写写画画："我想申请本地的大学，跟老师了解了一下情况。"

莫斯汀有一所小有名气的艺术类学校，留学生很多，林聿言以前就考虑过这里，虽然不算一流，但整体还算不错。

"怎么样？"

"嗯……需要国内那边开一些证明，再参加三个月后的招生考试就可以了。"

三个月应该养得差不多了。顾耀扬应了一声，走过来，刚准备一起吃饭，瞥了眼报纸上的内容，皱了皱眉。

林聿言笔还没抬起来，报纸就被抢走了。

顾耀扬站直身体翻了几页，问道："你要打工？"

林聿言说："怎么了？"自己手上没什么钱了，肯定要去打工，虽然他什么都没干过，但有手有脚又不是废物，应该问题不大。

莫斯汀的学费不是很贵，三个月应该可以赚一些，今天他也查了申请补助的事项，如果成绩很好，还可以减免很多，如果还是不够，再想别的办法。

但大学肯定是要上的。

顾耀扬说："不行。"

林聿言问："什么不行？"

顾耀扬说："打工。"

林聿言问："为什么？"

顾耀扬说："哪有为什么，不行就是不行，这三个月你好好休息，准备考试。"

林聿言说："我在医院已经休息很久了，就算准备考试，也可以去打工赚钱啊。"

顾耀扬抬眼，似乎猜到了林聿言的处境："林致远冻了你的卡？"

林聿言迟疑了半晌，点了点头："所以才要自己打工啊。"

"不行。"

"为什么不行？"

顾耀扬说："没有为什么，短期内绝对不行，如果真的想去，先长二十斤肉。"

林聿言眨了眨眼，住院这段时间也没瘦下去二十斤，怎么可能长得回去？

顾耀扬态度强硬，还想把报纸藏起来，林聿言围着他抢了半天，直到顾耀扬恶劣地踮起脚，把报纸举到半空，林聿言才气喘吁吁地控诉："我怎么早没发现你这么霸道独裁，你……你这种行为跟我爸有什么区别？"

顾耀扬挑眉，林致远已经成了骂人的代名词了？

"现在发现了？"

林聿言重重地点头。

"晚了。"顾耀扬说，"这段时间不许去就是不许去。"

"为什么？我的身体真的没问题了。而且就算你要反对，也要有个恰当的理由吧？"

顾耀扬抬手把报纸扔到沙发上，看着林聿言说："什么是恰当的理由？"

"我想帮你，行不行？"

林聿言被顾耀扬直白的理由噎了一下，慌慌张张地去厨房把火关了，又盛了两碗汤，小心翼翼地端了出来，放在桌上。

"我是个成年人了，不需要你这么帮……"林聿言顺手拿了一双筷子递给顾耀扬。

顾耀扬接过筷子看了一眼今天的晚餐，意面比萨，还有两份蔬菜沙拉。

他把筷子放在一旁，用手拿起了一块比萨，目光又随意落在林聿言的手上。林聿言先喝了一口汤，拿起叉子戳了一块比萨放在盘子里，想用刀切成小块，结果饼皮太厚了，切了半天没切下来，嫌麻烦地把刀叉放在一边，跟顾耀扬一样换了手，才一口一口地吃了起来。林聿言吃意面的时候也没用叉子。

刀叉这种东西偶尔用用还行，时间久了，还是不习惯。

顾耀扬微不可闻地点了点头，又扫了一眼桌上的外卖。如果不亲自下厨，这里真的没什么可吃的。

顾耀扬接上之前的话题："我并没有完全阻止你去打工，所以跟你父亲还是有本质上的区别。"

林聿言小声嘟囔："差不多。"

"差很多。"顾耀扬说，"我大概看了你圈起来的工作，家教和面包店店员也就算了，仓库管理员你是怎么想的？"

林聿言无知地说："工资多呀。"自己没有任何工作经验，也不知道仓库管理员到底是干什么的，但从字面上理解，应该是负责仓库管理，清点一些货物吧？

顾耀扬说："清点货物只能算其中一项，不出意外的话，你还需要经常搬运几十公斤的物品。"又问："你搬得动吗？"

林聿言思考几秒，不愿承认地摇了摇头。

“而且你只有三个月的时间，还想申请求学补助。”顾耀扬又咬了一口比萨，“艺术院校应该不是最看重文化成绩吧？你能确保你的绘画成绩，可以顺利通过？”

不能……

林聿言眨了眨眼，有些慌了：“那我应该怎么办？”

顾耀扬说：“当然是去找曾毅补习。”

“可是我……”

顾耀扬知道林聿言犹豫什么，说道：“你可以记账。”

“嗯？”

顾耀扬递给林聿言一张卡，里面都是这段时间发的奖金以及各个邀请赛的出场费，他说：“每支出一笔你都记着，如果不想用我的钱，就等以后赚了钱还给我。”

林聿言沉默了一会儿，看着那张卡还是犹豫。

顾耀扬吃完比萨，单手开了一罐啤酒，靠在餐椅上说：“既然我可以帮你，你就要懂得接受。你想当画家，而不是想当搬运工。我知道你不好意思接受，哪怕我们是好朋友。”

“但这种时候的自尊或者是没用的坚持，都可以放在后面。等你哪天实现了梦想，有的是机会捡起来。”

林聿言手指动了动，最终还是把桌上的卡片拿了起来，又目不转睛地看了顾耀扬好一会儿，问道：“我上辈子是做过什么天大的好事吗？”

“嗯？”

“所以这辈子才有机会认识你。”

上辈子的事情没人知道，但这辈子就这样恰到好处地遇上了。他们又回到了之前的生活，哪怕经历了一场短暂的分别，但并没有影响彼此，甚至更加珍惜来之不易的相处。

林聿言的身体没那么快恢复如初，虽然嘴上说好了好了，但他整个人瘦巴巴的，想瞒也瞒不住。顾耀扬觉得他还要再养一段时间。

只不过顾耀扬未来几个月都会很忙，再待两天就要走了。

林聿言知道他有工作，虽然舍不得，也没表现得过于明显。他怕自己胡闹惹得顾耀扬分心，不能认真比赛就糟糕了。

"老师。"

"嗯？"

曾先生的工作室已经装修好了，二楼有一扇非常宽敞的落地窗，林聿言坐在画架前拿着画笔问："职业选手，都像顾耀扬这么忙吗？"

曾先生正站在林聿言身后指点技法，两撇小胡子全都染成了白色，戴个眼镜看起来像个老学究，怕这位小家伙上门找事，赶紧撇清关系："当然不是，工作全都是他自己接的，我可没有强迫他啊。"

昨天林聿言偶然看了一眼顾耀扬的行程单，从下周开始直到自己考试结束，都没有时间回来。

曾先生说："你不用管他，耀扬向来有分寸，眼下这种工作强度，对他来说不算什么。他向来有自己的想法，别人是管不了的。"

林聿言知道，所以只是不停地让顾耀扬比赛的时候多加小心，并没有说什么多余的话。但林聿言有些想不通，顾耀扬为什么要这么拼命地赶行程，刚得冠军，完全可以休息一段时间的吧？

"他这么赶，主要是想买一套新房子，就是还没定下来去哪儿。"曾先生说，"按说他以后的发展，去纳斯卡是最好的，他如果去了，那可能就是他的地盘了，历代格斗巨星都在那里安家，对他来讲是最好的选择。"

林聿言说："那里很不错啊。"

"但他觉得太危险了，不适合艺术家生存，所以不作为首选。"曾先生拍了拍林聿言的肩膀，"我一辈子都想不到，耀扬会坐下来跟我谈房子的事情。"

林聿言瞬间想到了自己曾经说过的那段"未来"，垂眼蘸着颜料，一颗心软绵绵的。

倒是曾先生心里不是滋味，有点酸，还有点孤身一人的凄凉，气愤地说："前阵子我帮他选了几个不错的城市，都是出了名的艺术之都，找人忙前忙后地要了一些当地的资料送过来。昨天拿给他看，结果他又变卦了。"

林聿言笑着问："他为什么变卦了呀？"

曾先生骨子里还是个老顽童，随手拽了一把椅子，学着顾耀扬面无表情的样子，跷着腿翻阅着废纸，压着声音说："我不打算在国外买了，小画家不喜欢用刀叉，等毕业后，还是回国好了。"

从这一刻开始，林聿言才发觉，自己和顾耀扬差距很大，抛开两个人家庭背景不谈，各自凭自己的力量独立地生活，似乎自己才是差劲的那个人。

"老师。"林聿言把目光挪到画布上，指着刚刚落笔的地方，问道，"这里的颜色要怎么处理才会显得更有光泽？"不能再浪费时间胡思乱想了，得尽快追上顾耀扬的脚步，跟他一起规划美好的未来。

WCE 每年都会组织一场热闹非凡的国际格斗周，类似 NBA 的全明星周末。

相比平时的剑拔弩张，这种赛事要轻松不少，顾耀扬这次受邀参加，是以完全的新人的姿态登台。

无数成名已久的格斗巨星都等着跟他过招，要比正式比赛难得多。这次比赛结束，他可能会登上另外一个高峰。

今天晚上十点的飞机。

林聿言一边帮他收拾行李，一边用手机翻阅参赛名单，看到一个熟悉的名字，问道："克里斯就是决赛场晋级时输给你的人吗？"

"嗯。"顾耀扬从浴室出来，拿了一个洗漱包递给林聿言。

行李箱摆放得整整齐齐，林聿言把洗漱包放在专门空出来的小格子里："那场比赛我看了回放，好像还没开始就结束了。"

顾耀扬正经地点了点头，看起来非常专业地分析："其实克里斯很厉害，无论耐力还是格挡闪避，都近乎完美，他曾经 KO 对手二十五次，降服八次，擅长泰拳和柔术，算是综合格斗舞台上的佼佼者。"综合格斗和拳击不同，会的格斗技能越多越精，越能处于不败之地。

林聿言似懂非懂地问："那他为什么会输给你？"

"你想知道？"顾耀扬挑了挑眉，隔着行李箱蹲在林聿言面前。

　　林聿言"嗯"了一声，很想多了解顾耀扬的圈子，这样才不会缺少话题，不至于以后他说什么自己听不懂。

　　"这属于商业机密，你要知道，一个 WCE 的冠军选手的身价可是过百万的，告诉你这些信息，相当于暴露了自己的弱点。"顾耀扬像是真的怕有人听到似的，凑在林聿言耳边低声说，"我可以告诉你，但你一定要保密。"

　　林聿言被这种气氛带动，也觉得紧张起来，严肃地点点头："我发誓。"

　　"我很强。"

　　"什么？"

　　顾耀扬又重复一遍："因为我很强，所以克里斯才会输。"

　　林聿言眨了眨眼："就这样？"

　　顾耀扬站起来退到门口，勾着嘴角坏笑："就这样。"

　　"没有别的了？"

　　"没了。"

　　"你！"林聿言立刻跳起来，指着他嘴角颤抖着说不出话，每次被顾耀扬戏弄都防不胜防，就只得到这么一个答案。

　　顾耀扬故意逗林聿言，还难得孩子气地做了个鬼脸。

　　林聿言很多时候本不想跟他一般见识，但看他那副样子又特别气人，跨过行李箱就冲了上去："你不要跑！"

　　不跑才怪，顾耀扬转身下楼，衣服角都没让林聿言沾到。

　　追打这种游戏两人不知玩了多少次，每次都是林聿言被牵着鼻子走。

他心里不服，但单纯从体力上来讲，这辈子又不可能是顾耀扬的对手。厨房、餐厅一圈圈跑下来，他根本追不上。

林聿言扶着沙发气喘连连，目光落在沙发上的抱枕上。

"啊……"

突然一声闷响从客厅传来，顾耀扬刚躲进厨房，听到这边的动静又迅速地跑了出来，刚好发现林聿言趴在地毯上。

林聿言还在呻吟，似乎摔得有些严重，车祸的时候本就伤了腿，这会儿再碰一下不知道有多疼。

顾耀扬明显自责了，几步跨过去将人扶起来，还没开口询问，就被林聿言一把揪住衣领："坏蛋，还想跑？"

林聿言露出了从未见过的狡黠微笑，像个刚刚修炼成精的小狐狸，从某个角度来看，竟然能看到顾耀扬的影子。

很多人都说，两个人在一起相处久了，就会越来越像。此时的林聿言有点像他。

顾耀扬刚刚不管不顾地冲过来，其实也有点像林聿言。

明明小狐狸身子底下压着两个多余的抱枕，他愣是选择性没看见，还真的以为小狐狸摔疼了。

顾耀扬心中立即轻松，把林聿言扔在沙发上。林聿言依旧拽着他的领子没松手，弯着眼睛笑眯眯的，终于赢了一回。

顾耀扬走后，国际格斗周也如火如荼地开始了。他在八角笼中无往不胜，拥有了更多狂热的粉丝，但也越来越忙，根本没时间回来，就连偶尔通个电话，都是硬挤出来的时间。

与此同时，林聿言的考试也一点一点地逼近了，为了确保万无一失，林聿言反复练习着绘画技法，常常画到深夜，每天只睡几个小时，第二天很早就跑到工作室继续埋头创作。

　　最后一个月林聿言甚至住在工作室里，直到曾先生松口，说他现在的能力可以申请助学基金，才彻底放松下来。

　　在这期间，林致远和徐静兰都没有找过林聿言。

　　林聿言仔细想了想，现在的生活跟以前也没什么区别，哪怕那时候父母在自己面前演戏，也只是一年见个两三次，更不要提现在断了关系。

　　林致远那样冷漠果决又现实的人，肯定不会再找来了。他等着林聿言走投无路回去求他，可能会大发慈悲地看在父子一场的分上，原谅林聿言不知好歹的所作所为。

　　而徐静兰不知道还要自我责备多久，才会主动迈出第一步。她似乎根本不知道她口口声声爱的孩子需要什么。

　　也可能这是他们早就期待的结局，再也不用为了孩子跟没有感情的人扮演恩爱夫妻了，既然捅破了窗户纸，就不想多浪费一点时间。

　　很奇怪，林聿言觉得不那么伤心了，甚至觉得这些事情不值得伤心了。

　　"我明天就要考试了。"

　　"准备得怎么样？"

　　"老师说应该没什么问题，但我还是有点紧张。"晚上，林聿言一边准备明天的绘画工具，一边跟顾耀扬视频聊天，顾耀扬鼓励了他几句，林聿言又小声打听，"你……你什么时候回来？"

顾耀扬说："明天。"

"啪"的一声，视频黑了，林聿言把手机掉在地上，又赶忙捡起来，惊讶地问："明天？！"

顾耀扬盯着林聿言此刻的样子，大笑出声："骗你的，至少还要两个月。"

"啊，还要这么久……"林聿言的心情跌宕起伏，像是坐了一圈过山车，此时又惆怅了，"那时候我都开学了。"

顾耀扬低声说："过了这段时间就好了。"他只给自己四年时间，这四年里除了买房子，还要做点别的事情。

莫斯汀艺术学院的招生考试，人数并不算多，由于是最后一期了，考场只有七八个人。

其中一个黑头发蓝眼睛的混血儿看到林聿言，兴奋地跑过来打招呼："嘿，我们是一个发色。"

林聿言对他笑了笑："你好。"

"我叫陈泽，你呢？"

林聿言没想他会是中文名字，瞬间感觉有些亲切："我叫林聿言。"

陈泽跟他握手："希望我们可以成为同学。"

林聿言也很高兴能认识新的朋友，请他多多关照。

他们正说着，考场的门被猛地踹开了，一个凶神恶煞的黑人走了进来。莫斯汀已经下雪了，那人竟然还穿着薄薄的T恤，似乎发觉所有人的视线，眼睛一横，类似挑衅。

胆子小的女生直接缩成一团，还有些不想惹事，扭过头去。林聿言怔了怔，觉得这人有些莫名的熟悉感，但又可以肯定自己从来没有见过这人。

也许是黑皮肤的外国人都长得比较相似，所以林聿言才会觉得眼熟。

"G……"陈泽小声说，"这个人好奇怪，怎么全身都是字母 G？"

G？林聿言灵光一闪，立刻站了起来，怪不得眼熟，这人该不是顾耀扬的粉丝吧？果然，那人的手臂上面竟然还文了顾耀扬的英文名？

林聿言不服气了，撸起袖子看了看，两条胳膊白白净净，什么都没有，瞬间就被比下去了。

林聿言刚想把手放下，就见那个狂热的顾粉跳了起来，握着双拳，一副要进攻的架势。

就连准备姿势都跟顾耀扬一模一样，果然是在模仿他！

林聿言刚打算开口说点什么，就发觉陈泽拽了拽他的衣服，让他坐好。

监考老师从外面走了进来，示意大家保持安静。

考试期间林聿言发挥得还算稳定，老师从旁边走过的时候，满意地点了点头，基础考试全程三个半小时，林聿言的完成度非常高。交了作品，考场里面只剩林聿言和陈泽两个人了。

"我先走了，如果不出意外，下周一我们会成为同学。"

林聿言跟他挥手，收拾着工具准备回家，走到半路看到了一家小小的文身店，犹豫几秒，停了下来。

晚上八点钟。

顾耀扬给林聿言发了一个视频，准备问林聿言考得如何。

正常来讲应该没什么问题，毕竟曾毅的水平摆在那里，多没天赋的笨小孩都能教出来。谁想视频刚刚接通，就见林聿言窝在沙发里红着眼睛，睫毛还有点湿。

哭了？顾耀扬皱着眉问："怎么了？没考好？"

林聿言摇了摇头。

顾耀扬问："那是怎么了？"

林聿言沉默了半晌，依旧没说话。

顾耀扬等了几分钟，干脆不问了，站起来就让邵征去订最近日期的机票。林聿言一听赶忙阻止，缓缓伸出一条红肿的手臂，委屈地说："你名字的笔画也太多了，一笔一笔刺上去，快疼死我了……"

顾耀扬对着屏幕看了许久，发现林聿言的手腕往上一点，竟然文了他的名字，名字做了漂亮的异形设计，用线串在一起，看起来像一条漂亮的手链。

"你……文这个干什么？"

林聿言不太高兴地把今天的事情说了："我可是你的头号粉丝，怎么能被别人比下去呢？"

这个理由有些霸道，还有一些从未有过的蛮不讲理。

顾耀扬看着林聿言气哼哼的样子，温柔地笑了笑。

Chapter 14
丛林深处假寐的狮子

要一起走下去，并肩站在最好的地方。

录取通知书很快寄到了家里，林聿言将近满分通过，助学补助也顺利地申请了下来。还差一点学费，林聿言取了顾耀扬卡里的钱，一笔一笔地记在本子上，等着以后还给他。

开学当天，林聿言果然又遇到了陈泽，他们凑巧分到了一个班，瞬间就成了朋友。

班上的同学也都非常热情，虽然国籍不同，但年纪相仿，稍微熟悉一下就能打成一片。入学一个多月，林聿言渐渐地习惯了在异国求学生活，除了顾耀扬不在身边，不能和他分享这些际遇，而有一点点失落，大多数时间都非常开心。

卓航也开学了，追随着他心爱的学姐去了异国他乡，俩人偶尔用手机联系，还总是感叹林聿言忍了十几年，突然就搞了一出惊世骇俗的戏码，实在让人刮目相看。

林聿言强调："我只是想以后都能够做自己，遵从自己的心意。"

卓航问："是吗？"

林聿言说："是，为了寻找自我。"

卓航："哎哟喂，瞧把你高尚的。"又问："最近怎么样？"

"挺好的呀。"

挂断电话，林聿言收拾东西准备回家，学校虽然安排了宿舍，但因为城市太小了，每天坐着公交来回上课也不会迟到。

刚走出画室，就在走廊里看见了一个熟悉的身影，竟然又是顾耀扬的那个狂热粉丝。

林聿言瞥了一眼，偷偷哼了一声，头也不回地走了。

仇人见面分外眼红，大概就是这种感觉。林聿言虽然打不过那个粉丝，但在气势上绝对不能输。

那位顾粉依旧穿着印满了字母 G 的 T 恤，抬了抬胳膊，似乎在炫耀什么。

"那人也在咱们学院，不过成绩很差，名字应该叫奥捷，分到别的班了。"中午，陈泽和林聿言来到学校餐厅吃饭，又看到了那个人。

莫斯汀哪里都小，城市小，学校更小，一个院系更是抬头不见低头见。

林聿言这辈子除了顾耀扬，还没讨厌过谁，但每次看到奥捷都觉得不太顺眼，毕竟文身刺上去的时候那么疼，奥捷竟然可以为了顾耀扬做到这种地步。

林聿言觉得奥捷心思不纯，根本不是正经粉丝。

奥捷似乎也发现了异样，这天趁着林聿言下课，把人堵在校门口附近的小路上。

林聿言有点怯，但在顾粉面前绝对不能认输，他不太客气地问："有事吗？"

奥捷挑着下巴："你最近总盯着我，我是不是和你有仇？"

林聿言惊了："你是说……我盯着你看？"

奥捷哼笑，言谈举止都跟顾耀扬一模一样："没错，我早就发现了。你的眼神很有问题。"

林聿言不知道应该怎么解释"瞪"这个词，沉默了几秒说："抱歉，之前是我的问题。"

"你不用跟我道歉，你看起来还不错。虽然非常弱小，一根手指就能撂倒。"

林聿言无语："我是……是因为顾耀扬！"

"因为 G？"奥捷更兴奋了，"太棒了！没想到你竟然也是 G 的粉丝？你真是很有眼光！G 简直是这个世界上最完美的偶像！"

这点林聿言倒是没有否认，还认真地点了点头。

奥捷说："我们有共同的偶像，我们可以一起去看 G 的比赛。"

林聿言说："可我不喜欢你。"

"没关系，"奥捷不屑地摆了摆手，"毕竟，这个世界上没有比 G 更加优秀强大的男人了。"

"相信我，这个世界上只有 G 能保护你，像你这种又瘦又矮的小家伙，一个人孤身在外求学……等等让我把话说完。"突然，奥捷的肩膀上多了一只手，拍了拍他。

"先不要打扰我。"奥捷想继续游说，毕竟能找到一个跟他同样疯狂喜欢 G 的粉丝，简直太好了。

谁想那只手又拍了两下。

"啧，都说了现在不要打扰我！"奥捷恼了，一把扣住肩上的手腕，想给人一个过肩摔，结果使了半天劲儿，对方纹丝不动。奥捷看起来有点尴尬，猛地回头想要攻击对方，却瞬间呆在原地，发不出声。

顾耀扬不知什么时候来的，穿着一身黑色的运动服，挎着熟悉的运动包，包上依旧挂着断了头的小娃娃，挑了挑眉说："抱歉，现在是不是可以把你面前的这位同学，还给我了？"

奥捷追过七八次顾耀扬的现场，但永远隔着十万八千里。第一次近距离地面对偶像，整个人都傻了："G？"奥捷高兴地欢呼了一声，下意识就要上前拥抱。

林聿言见顾耀扬提前回来，还没来得及高兴，见此情形飞快地绕到他身边拽着人往后退了几步，得意极了。

"我的好朋友！"

"怎么可能？"顾耀扬已经站在面前了，奥捷还是不信，"你太弱小了！和G神站在一起的,应该是更加优秀的人！"

顾耀扬刚想回应，就听林聿言大声反驳："你胡说！"

林聿言这会儿一反常态中气十足，气得头发都快飞起来了，张牙舞爪的样子，像个小狮子，恨不得一口咬住奥捷的脖子。顾耀扬第一次看到林聿言这副模样，随手拿出一颗橙子味的水果糖放在嘴里，挂着笑不说话。

"他是我最好的朋友！"林聿言说。

奥捷搞不清状况："G是大家的，他是所有格斗家心中的英雄！"

"你的英雄和我的好朋友不冲突，这是不同的概念！"

奥捷又道："哪里不同？如果你说的是真的，那你也不该独占这样的朋友，独占他的时间。"

林聿言生气了，身子竟然往前冲了冲，顾耀扬赶忙把人拦住，半拽着林聿言往后退。

林聿言冲着奥捷蹬腿："我凭什么不能独占？我们是最好的朋友，我们的关系是相互的，我也愿意让他独占我的时间、精力！我们是互相依赖的！我就知道你往身上文他的名字没安好心！但我告诉你已经晚了，我们更早认识，也更了解彼此！"

奥捷惊得眼珠子都快掉出来了，"你在胡说什么？"

林聿言特别硬气："你管我！不信你问他！"

顾耀扬听林聿言说完，嘴里那颗糖差点噎进嗓子眼，忍着笑摸了摸林聿言的头，又勾着嘴角对奥捷笑："林聿言说得没错，我们确实是互相依赖的。而我，愿意和他站在一起。"说完转身走了。

林聿言得意扬扬，一副大获全胜的骄傲模样。

林聿言从没跟人吵过架，没想到吵赢了这么舒爽，尤其是面对顾耀扬的粉丝！

240

这个时间刚好赶上饭点，两人没有回家，而是找了一家餐厅随便点了点吃的。顾耀扬好不容易回来几天，林聿言开心得不得了，有很多话隔着手机根本讲不清楚。

林聿言坐下之后跟他挤在一起，睁着两颗圆溜溜的大眼睛说："我当时就是这样瞪的，特别凶。"

顾耀扬捏着下巴左右端详，研究了一会儿说："你这个不叫凶。"

林聿言的眼睛又瞪大了一些，鼓着脸颊像个小仓鼠："这还不凶？"

顾耀扬认真点评道："看起来更像求而不得，还带着点怨气。"又皱眉说："以后不要露出这么可爱的表情了，会看起来很好欺负。"

林聿言苦恼："那我要怎么办？普通粉丝也就罢了，但奥捷竟然还有文身！"文身这个事情算是在林聿言心里扎根了，刺在身上可是要留一辈子的。

顾耀扬揉了揉林聿言的头发，又卷起林聿言的袖子，对着那串漂亮的刺青吹了吹，说道："你没发现，那个奥捷身上的刺青有些奇怪吗？"

林聿言疑惑："啊？"

顾耀扬刚刚看戏的时候顺便瞥了一眼奥捷的手臂，上面的名字已经开始褪色了，甚至缺了几个字母。褪色常见，但是缺字母就不正常了。

"应该是用贴纸贴上去的。"

"贴上去？"林聿言怔了怔，"怎么可能？贴上去的不会洗掉吗？"

"会，但是也可以重复贴啊。"

林聿言眨了眨眼："所以……"是自己错怪奥捷了？

顾耀扬故意危言耸听："不一定。"

那人看起来更想让自己教格斗技巧。

"那……那怎么办？"林聿言立刻紧张起来。

顾耀扬想了想，拦下刚好路过的服务生，借了一支笔，递给林聿言，又卷起了袖子，露出左手的手臂："你可以在上面画一个只属于你的图案。"

"可以吗？"

"当然可以，你想画什么都可以。"

顾耀扬又戳着林聿言的鼻尖，就像戳一只小猪："像这样画个自画像也行。"

林聿言"咯咯"地笑起来："格斗明星的手臂上画一只小猪，是不是有点好笑。"

顾耀扬惊讶："你为什么骂自己是猪？"

"我没……"又瞬间反应过来，撞了他的额头一下，"是你先诱导我的！"

自画像是不可能了，林聿言想了想，拉过顾耀扬的手臂，一笔一笔地画了起来。

"顾耀扬。"

"嗯？"

"这很公平。"林聿言笑眯眯地说，"这样，我们就算扯平了。"

几天后，综合格斗的职业平台上发布了一条重磅新闻，短短几分钟，整个格斗圈沸腾了，粉丝奔走相告。

年轻的格斗巨星在唯一的社交平台上面发了一张照片。

充满线条感的手臂上刺着林聿言的最新画作，落款处有显眼的"L"。

要一起走下去，并肩站在最好的地方。

一晃八年。

距离临州市三百公里外，新划出了一块写生基地。

这边原来是个自然的风景区，高峰峻岭，飞流悬挂。但前几年接连发生大面积的山体滑坡，造成了为数不少的人员伤亡，景区赔了不少钱，也就跟着关门了。去年景区修整了一番，又开始售票迎客。

景区东边有一片翠湖，原本不是什么重点景观，除了漂着几只家养的胖鸭子，没什么可看的。

游客宁愿往前多走几步，靠在石头上拍照，都不乐意站在湖边听鸭子"嘎嘎"傻叫。

谁想风水轮流转，昨天突然飞来一群野生黑天鹅，鸭子湖瞬间人气暴涨，一跃成为当红景点，许多人挤破头都挤不到最佳机位。

所以说，真的不能平白无故地小瞧了谁，不定哪天就出息了，高攀不起了。

不远处的山坡上坐着三个人，一人面前摆着一个画架，分别对着不同的方向写生。从随身携带的背包来看，他们应该是同一个绘画工作室的。

画室的名字叫"沉绪临"，乍一看似有内涵，其实就是用三个老板的姓氏取的谐音，硬生生凑出来的。

"估计六点以后游客才会少一点了，你说这群黑天鹅胆子儿也挺肥，几百个人挤着围观，它们还能跟没事似的理毛。"说话这人咬字生硬，儿化音别别扭扭地。

"那叫胆儿，不叫胆子儿。"旁边的人纠正，"说不明白就别说了，混血小帅哥正正经经说点洋文不好吗？我能听懂。"

"我这叫入乡随俗儿。"

"哈哈哈，俗儿。"

一声爆笑，惹得混血小帅哥不高兴了："许泽，就算我们叫同一个名字，你也不能总是嘲笑我。"

许泽拿着笔想要绕开山下涌动的人群，但没绕开，随手把笔一扔，靠在三角椅上："好的，陈泽同志。"

这时，一道修长的身影从山坡下匆匆跑了上来。那人穿了一条浅色的牛仔裤搭配了一件白T恤，正是刚离开又返回的林聿言。

"钥匙钥匙。"在许泽的工具箱里翻了半天，又在陈泽周围找了半晌，林聿言急得头顶冒烟，"我的车钥匙呢？"

许泽说："没看见啊，不是在你身上吗？"

林聿言说："没有。"又抬手看了眼时间，急得像热锅上的蚂蚁，"来不及了。"

许泽又帮着找了找，还是没找到，问道："丢在路上了？"

林聿言说："不应该，上山的时候还挂在身上。"林聿言蹲在地上不停地翻着脚下的画具，希望车钥匙能赶紧跳出来。

许泽说："找不到就算了吧，你今天也住这边吧，都是标间，刚好空了张床。"

林聿言说："不行。"

"怎么不行？ G 不是出差了吗？"

林聿言又看了眼时间，说了句跟年龄十分不符的话："有门禁。"

许泽嘴角抽了抽："你二十八岁了，还门禁呢？"

"啊，有了。"林聿言从自己刚刚坐过的地方捡起一串钥匙，"我先回去了，周一见！"说完一溜烟跑到山底下，开着车走了。

陈泽看着林聿言的背影若有所思，分析道："门禁好像不是重点，我听说 G 再三强调，不让他来这个危险的景区写生。"

"那他岂不是惨了？"

"应该没事吧？ G 出差了，只要视频通话的时候林聿言在家里，就不会被发现吧？"

林聿言也是这么想的，开车跑了一路，紧赶慢赶，终于在夜里九点之前到了家。

林聿言先平复了一下呼吸，又抱着画板从车上走了下来，打了个这辈子都打不响的响指，按下了密码锁。

眼前是一栋双层别墅，门口有两个车位，五年前买的。

那时候林聿言和顾耀扬还没回国，等回来的时候，全都装修好了，他们就直接搬了进来。

　　小区在临州市数一数二，具体多少钱买下来的，林聿言也不知道，他没什么金钱方面的概念，只知道自己赚的钱都到了顾耀扬手里，算是租金。

　　林聿言大学毕业后，顾耀扬也只打了两年的职业赛就直接退役了，开了家格斗相关的经纪公司。

　　这几年公司越做越大，已经不单单是经营格斗范围的生意了，如今涉及的领域多不胜数，林聿言早就数不清了。

　　林聿言没什么经济头脑，开始还会跟着参与公司的事情，后来发现自己根本不是做生意的料，干脆老老实实地画画。

　　回来以后，林聿言联系到了许泽，连带着一直想回国内发展的陈泽一起开了家画室，平时教教学生，偶尔开个展览。

　　林聿言今天跑得有点累了，站在门口换鞋的时候，捂着嘴打了个哈欠。

　　幸好赶回来了，不然被顾耀扬知道自己不听话乱跑就糟了。虽然顾耀扬人在外地出差，但是爱记仇啊。还记得有一年，林聿言在电话里大放厥词，隔了几个月顾耀扬回来，林聿言照样遭殃。

　　林聿言正刚准备上楼洗漱，"吧嗒"一声，二楼的灯亮了。

　　林聿言立刻吓了一跳，看到楼上的人，差点把画板掉在地上，又猛地想起上面画了什么，急忙藏在身后。

　　穿着黑色衬衫的高大男人从楼梯上走了下来，耳朵上换了一枚真钻耳钉，头发精短，眉目冷峻，带着说不出的成熟稳健。他站在林聿言的面前，定定地看着。

林聿言又把画板藏了藏，故作惊讶地说："哎？你怎么回来了？"

"这么晚？去哪儿了？"

说话的正是突然出差回来的顾耀扬，他淡淡地瞥了一眼林聿言的画板，嘴角带着笑。

这笑容相当耀眼，比少年时还要好看。

但林聿言心虚得没敢细看。

顾耀扬这些年越发精明沉稳，一句话、一个眼神，就能抓住敌人的把柄，勒住对方的脖子。如果说十九岁的 G 是一只矫捷的猎豹，会在擂台上主动发起进攻。

那如今的顾先生，就是栖身在丛林深处假寐的狮子，懒得亲自动手，常常等着猎物主动上门，静待事态发展。

林聿言当年不懂他，现如今又太懂他。

"最近天气好，许泽组织画室的老师一起外出写生，路上有点堵车。"

这期间，不止顾耀扬发生了改变，林聿言也成长了不少，自认再也不是曾经那个胆小爱哭的娇气包了。

如今的林聿言，有能力也有智慧跟"恶势力"抗衡。

没等顾耀扬再次开口，林聿言就随手把画板倒扣着竖在门口的鞋柜上，自然而然地问："你不是说还有一周才能回来？"

顾耀扬说："事情提前完成了。"

林聿言又问："吃过饭了吗？"

"还没。"

"那我简单做点。"说完拽着顾耀扬，把他一并拉进厨房。

这样就可以远离画板了，林聿言偷偷笑了起来，之后再跟他聊点别的，这件事就彻底瞒过去了。

林聿言其实偷偷犯过两次同样的错误，用了两次相同的方法，全都有惊无险，蒙混过关。

"邵征的女朋友真的怀孕了吗？"饭桌上，林聿言帮顾耀扬盛了一碗汤。林聿言煲汤的水平大有长进，但其他菜色依旧马马虎虎，勉强能吃。

顾耀扬果然没发现异样，"嗯"了一声。

"那他们会结婚吧？"邵征一直跟着顾耀扬东奔西走，虽然表面上像个司机，但林聿言始终觉得他和顾耀扬是关系不错的朋友。

顾耀扬面冷心热，嘴上不说，却帮了邵征很多。

"准备周一过去领证。"

"真的？"林聿言高兴地说，"太好了，那邵征如果有了宝宝，是不是叫你叔叔啊？"

顾耀扬点头，拿着勺子喝了口汤，看着林聿言眉飞色舞的样子，勾了勾嘴角："听说是个女孩。"

林聿言惊奇地问："这么快就知道了？"

"嗯，邵征最近一直都在为取名字的事情发愁。"

"女孩啊。"林聿言也跟着思考了起来，"不如叫美美？"

顾耀扬毫不客气地说："如果生下来不好看呢，叫美美不是在讽刺她？"

"怎么会？"林聿言说，"女大十八变，而且邵征又不难看，宋玲也很漂亮。"宋玲是邵征的女朋友，回国之后认识的。

顾耀扬拿起筷子吃了一口青菜，道："很难说，就算父母长得不差，生出来的孩子也不一定好看。"他不动声色地看着林聿言，黑亮的眼睛里闪着一丝捉摸不透的光，"就像那篇经典的童话故事《丑小鸭》。"

"丑小鸭才不是真的丑，长大之后照样变成了白天鹅啊。"

"是吗？"

"当然了。"林聿言说，"你不会没看过这篇童话吧？"

"看过。"

"对了。"顾耀扬顺着这话题随意转了个方向，他说得太自然了，以至于林聿言还没察觉出任何不妥，"我听说有个景区，昨天飞来了一群白色的天鹅？"

"是黑色的，来了十几只。"林聿言夹了几粒米饭放进嘴里，心里"咯噔"一下，又赶忙说，"好……好像是黑色的，我也是在网上看到的。"

"哦？"顾耀扬说，"去围观的人很多吧？"

林聿言点了点头，终于发现自己踩进了圈套。

正常来讲，这种时候不说话是最好的，但不说话等于默认，林聿言只好道："网上说，游客都挤不动了。"

"那么多人，难道不会影响视野吗？"

"哈哈哈。"林聿言干笑着，还在做垂死挣扎，"对于拍照的人，肯定会有些影响的。"

顾耀扬好奇地问："那对于画画的人呢？"

林聿言冷静地分析："如果刚好画那个湖面，肯定是有影响，但选择别的方位是没问题的。"

"许泽选了哪个方位？"

"东南……"林聿言脸色惊变，立刻捂住了嘴。

"嗯？"顾耀扬放下筷子，靠在椅背上问，"怎么了？"

"你……我……"林聿言瞬间有点结巴。

这种情况顾耀扬如果问"你选了哪个方向"，林聿言肯定会第一时间回答"我没去"，但突然说一个不相干的人，林聿言第一反应绝对不是"我们都没去"。

太奸诈了，太狡猾了！

顾耀扬修长的手指在桌上敲了三下，停了下来。

林聿言彻底放弃挣扎了，心想顾耀扬知道了，就连之前蒙混过关的那两次，也是知道的。

"那……那个。"林聿言心慌意乱，试图解释，"那里真的没事了，既然园区都已经对外开放了，就说明安全方面有……有足够的保障。"

顾耀扬冷淡道："之前意外发生的时候，难道没有对外开放？"

"可……可能那个时候，景区负责人的安全意识还不到位，但是现在已经没事了，而且曾经滑坡的地方都封锁了……"

"我只想问你一句。"顾耀扬打断林聿言，沉声道，"如果滑坡再次发生，你又刚好在那个地方出事了，你打算怎么办呢？"

"那……那应该只有，万分之一的可能性……"

"林聿言。"顾耀扬说，"你是不是还不清楚自己的位置？"

"清……清楚。"

"既然清楚，为什么还要去做这些？"

"我……"林聿言一时语塞，有些内疚地说，"对……对不起。"

Chapter 15
面对这个世界未知的一切

这样隆重的宴会，我都不配穿一件漂亮点的衣服吗？

八年的时间并不短，足够一座城市、一条街道、一个人发生翻天覆地的改变。

当年名不见经传，连地图上都没有明确标出来的文昌街，变成了西城新区。

简易楼棚户区也都拆除重建，变成了一栋栋漂亮的小洋房，住户换了一批又一批，那些传闻，也都随着时间流逝一点点被人忘却了。

也不该说是忘了，而是当年在意那些事情的人都已经慢慢长大。卓航花了三千块钱买的论坛账号，也因为版主太久没有更新文昌轶事，就此打了水漂。

最后一帖还是老大带着那位富家千金远走他乡的故事，这辈子也不知道还能不能看到结局。

"我下个月就回去了，你现在住哪儿？"卓航这些年一直在国外发展，为了当年那位学姐努力奋斗，竟然丢了游戏，还有了不错的事业。

他和林聿言自那年分开，再没见过，要不是偶尔视频聊天，估计都忘了彼此长什么样。

林聿言今天外出招生，在文昌区新建的广场上搭了两张桌子，正夹着电话拿着笔，在白色的广告布上涂涂抹抹，回道："中心区，你回来的时候提前说一声，我去接你。"

"行。"卓航刚想挂电话，又听着林聿言的声音有些沙哑，问，"你嗓子怎么又哑了？一个教画画的，也不用每天对着学生咆哮吧？"

户外的风一吹，吹得林聿言脸上有点凉，随便找了个借口，挂了电话。

"林老师，你怎么不坐啊？"

今天跟林聿言一起过来招生的，还有一位徐老师，画室成立初期招聘过来的，二十几岁，美术学院刚毕业不久。

徐老师年轻气盛，本以为毕业之后就可以成为举世闻名的大画家了，谁想毕业即失业，窝在家里搞了一年半创作，什么都没画出来，画出来也没人买，吃了三天泡面，还是灰头土脸地出来找工作。

大部分艺术生都可能面临徐老师这样的状态，林聿言当时也想成为像曾先生那样著名的画家。

但曾先生也是熬到了三十几岁才开始崭露头角，他现在才刚刚二十八岁，又不如曾先生有艺术天分，还有很长的路要走。

虽然没有成为大画家，但眼下能继续做自己喜欢的工作，林聿言就已经非常满足了。

顾耀扬在事业方面倒是从来支持林聿言，随便林聿言翻天覆地怎么折腾。

林聿言走到桌子前，对徐老师说了谢谢，又说："我站着歇会儿。"

下午四点钟，广场上正是人来人往的时候。不少老年人带着孙子孙女出来遛弯，路过桌子前会拿两张宣传单看看，有些会问问具体情况，顺便要个联系方式。

林聿言整理着翻乱了的传单，一只又黑又瘦的手突然伸了过来，刚一抬头，那只手又瑟瑟地缩了回去。

是一个穿着校服，头发凌乱的男孩，十四五岁的样子，脸上有点脏。

林聿言跟他对视几秒，拿起一张传单递给他，男孩刚想接，就见远处跑来一个肥硕壮汉，凶神恶煞地吼道："你个兔崽子，给我放下！都说了没钱给你学画画，给我走！"话音落下，人已经跑了过来，揪住了男孩的书包带。

男孩拼命挣扎，死死盯着林聿言手上的传单。他看起来很倔，无论壮汉怎么拽着，他都不走，甚至被拖拽到地上，依旧想要往回爬。

不少人听到动静过来围观，但又因为是家事，也没人上前阻拦。最重要的那位壮汉长得不像善茬，万一哪句话说错了，惹一身麻烦就糟糕了。

壮汉的骂声越来越大，甚至一脚踹到男孩的肩膀上，这一下看似不轻，男孩瞬间就大声哭了出来，哭得很惨，让人动容。

徐老师看不下去了，正想找个防身工具冲出去拉架，就见林聿言已经拿了一根支撑画架的木棍，走到了壮汉面前："我警告你，现在放开这个孩子，不然我立刻报警。"

壮汉猖狂，撸起上衣袖子说："这是我的儿子，我想打就打，天王老子来了也管不着！"他明显要继续动手，围观人群全都往后退了一步。

徐老师也有点害怕，远远地让林聿言别管闲事。

谁想林聿言根本不怕，依旧拿着木棍指着壮汉，甚至点到了他的鼻子尖："我不管他是谁的儿子，你当街打人就不行。"

林聿言气势明显更胜一筹，虽然身形跟壮汉相比完全处于下风，但眼神坚定，也不像好惹的："你要是不怕警察也行，前面酒吧街的老板邹玉玲是我亲表姐，你要是想不开，提前跟我说一声，我帮帮你。"

这个壮汉可能是个老文昌，不怕警察，听到玲姐的名字倒有些怕了，文昌区可没谁敢当街叫玲姐的大名。他仔细看了看林聿言，后退了几步。

壮汉想跑，当着这么多人又拉不下脸，揪着男孩站起来说："你不就是想收他当学生，赚我们这些穷苦人的钱吗？"

"我告诉你要钱没有，你要是真看他可怜，你就免费教他，不然就别在这儿假惺惺的。"这话讲得蛮不讲理，但围观的群众竟然还有些认同的？

一时议论纷纷，说什么要帮就帮孩子一辈子，要不就别管。还说什么，反正是那么有名的画室，也不缺一个免费的名额，那么有钱可不在乎这点学费。

这话要是放在以前，林聿言可能还真给免了。或许根本就不用免，因为林聿言压根儿就不会管这种暴力事件。

别说拉架了，绝对第一个跑得远远的，报警可能还是会报，但绝对是在安全范围内。

但眼下，听壮汉说完，他竟然先不屑地笑了笑，随即话锋一转，又大声说："你想得美！自己的儿子养不起，还想让我给你免费？我是该你的还是欠你的？没钱还这么理直气壮地打孩子？你儿子也是倒了霉！有本事生没本事养，你找谁免费呢？你这种人就该卸两条胳膊下来，让你知道什么叫疼！"

说完"啪"的一声把棍子扔在地上，拿出手机。

木棍本来也不结实，掉地上直接摔成了两截。

壮汉吓得一哆嗦，还以为林聿言真的要给玲姐打电话，拖着男孩威胁几句，慌慌张张地跑出了人群。

此时，广场附近的马路边上停着一辆黑色轿车，顾耀扬坐在车里，跷着腿围观了全部过程。

邵征依旧帮顾耀扬开车，也跟着看完了，神情复杂地问："林聿言……是不是变太多了？"

"嗯？"

"我是说胆子，以前不是特别胆小的人吗？"邵征说，"怎么感觉现在……比在林家的时候，更像富二代了？"

顾耀扬说："不好吗？"

邵征说："也不是，总觉得林聿言跟你走近后，变得更生动了，没有初见时那么瑟缩了。但那个时候林家可是首富，也没让林聿言过苦日子吧？"

"不是钱的问题。"顾耀扬说，"钱只能让林聿言的生活更加优越。"

但是信念，却能让他更加勇敢、热切地面对生活。

邵征透过后视镜，看到顾耀扬拿出了手机："也对，这些年有你，他才这么肆无忌惮的。"毕竟有人撑腰，干什么都硬气了。

顾耀扬淡淡瞥他。

邵征立刻举手投降，又看了看窗外，发现林聿言又一下蹲在地上，急忙问，"林聿言怎么了？"

顾耀扬淡定："吓着了。"

片刻，手机响了。

林聿言果然气势全无，颤着嘴角捂着狂跳不止的心跳说："那……那个，玲姐电话是多少啊？我……我忘了存……"

玲姐如今也奔着四十岁去了，想过点轻松的日子，给后半辈子留点余地。

"你爸当年就是想不开，不然也不至于那么早就没了。"新科大楼顶层的办公室里，玲姐依旧穿着一条红色的吊带长裙，肩上披着一件利落的黑色西装，岁月没在她的脸上添加一条多余的痕迹，看起来依旧三十出头。

如果绑上马尾，还能以假乱真，冒充个二十岁的小姑娘。

顾耀扬靠在办公桌前单手抱胸，右手拿着一份最新的商业报纸。

其实昨天新闻就已经出来了，在财经版上飘了一天"林氏企业经营不善，面临破产危机"。

这标题写得有点大，林家的酒店产业这些年确实经营不善，在这期间，就出过几次安全卫生方面的重大新闻，虽然影响不小，但远远没到破产的地步，毕竟瘦死的骆驼比马大。

像林致远那样的身家，关几家连锁店还能撑一段时间，但以后就不好说了，硬拖到最后可能还是一个结果。

玲姐也看到了这条新闻，好奇地问："小画家那位严厉的父亲，这些年真的没有找过来吗？"

顾耀扬把报纸放在一边："没有。"

"母亲呢？"

"也没有。"顾耀扬想了想又说，"毕业时寄过一束花。"

玲姐眨眨眼："就这样？"

"就这样。"

"没别的了？"

"没了。"

"这还真是……"玲姐一时不知该怎么表达，她虽然不喜欢婚姻也不待见孩子，但哪天如果真的有了，也会负起责任，绝对不会任由亲生骨肉独自在外生活这么多年不管不问，实在有些冷漠无情了。

玲姐又看了一眼新闻："不过这位林总好像已经重新组

建家庭了，不找小画家也挺好，省得再卷入什么家庭纷争。"

顾耀扬随便应了一声，拿起车钥匙说："你坐吧，我走了。"

玲姐没见过他这样待客的，站起来说："林聿言不是自己开车上班吗？你还去接干什么？"

顾耀扬瞥她："接小画家下班需要管人开没开车吗？难道不是想接就接？"

这话说得没脾气，玲姐看着下午三点的时间，冲顾耀扬挥了挥手，让他赶紧消失。

林聿言的画室开在附近，距离广场不远，租了一栋临街的二层小楼，门口放了很多盆栽和绿植，还支着一个画板，上面绘着每日课表以及对应的授课老师。

林老师今天没课，跟放学来玩的胡冬冬一起坐在大厅，整理着学生作品，准备装裱起来，挂在墙上。

胡冬冬今年十七岁了，剪了圆寸，又高又瘦，跟小时候有天壤之别。

他觉得冬冬这个名字过于稚嫩，让林聿言以后管他叫胡冬，听着就有一种简洁明快的帅气。

林聿言认真地点头，一边裱画一边说："好的，胡冬冬。"

胡冬冬立刻就难受了，觉得林聿言学坏了。

俩人忙了半晌，把裱好的画挂在墙上，刚准备上楼休息，就听见挂在门口的风铃响了起来。

林聿言扭头看了看，见到了昨天在广场上被父亲拉扯的男孩。

他还是穿着昨天的校服，脸上不那么脏了。

林聿言让胡冬冬先去楼上，自己走了过去。那个男孩看着林聿言，没有说话。

　　林聿言问："你找我有什么事吗？"

　　男孩的声音有点哑，好像还处在变声期，想了想自我介绍："我叫汪琦。"

　　林聿言说："我知道。"

　　"你……你怎么知道？"男孩有些惊讶。

　　林聿言说："画室刚开业的时候你就填过个人信息了，我记得。"

　　"哦。"汪琦攥着书包带问，"我……我能进去参观一下吗？"

　　林聿言说："可以，你随便看。"

　　汪琦跟林聿言说了声"谢谢"，走到刚刚挂好的作品面前，停住了脚步。

　　这时，风铃声又响了，顾耀扬拿着车钥匙走了进来，看到林聿言站在通往二楼的第二个台阶上，走了过去。

　　林聿言也看到他了。

　　顾耀扬问林聿言怎么在这里站着。

　　林聿言竖起手指，给他指了指不远处的那个男孩。

　　顾耀扬转过身。

　　"他骗了我。"林聿言的声音有些委屈。

　　"骗你？"顾耀扬问，"怎么骗你了？"

　　林聿言小声告状说："昨天我和徐老师去广场招生，他和他父亲在我们面前演戏。可能是想博取同情，然后教他画画吧。"

顾耀扬挑眉："你怎么知道？"

林聿言说："他们父子都分别出现好几次了。不是来画室门口，就是在广场附近徘徊，我和许泽早就注意到他了，也早就想好了方案。因为他看起来真的很喜欢画画，想着可以让他打扫卫生抵扣学费，如果他鼓起勇气说了自己的难处，我们就会把这个惊喜告诉他。"

"但没想到，他竟然和他父亲串通起来骗我。"

顾耀扬听他声音闷闷的，微微扭头，看林聿言一直盯着那个男孩的身影，似乎有些羡慕。

虽然男孩和父亲的做法不对，但林聿言知道，父子俩是一条心，他们可能真的在经济上有困难，想了许久才想出这么一个又蠢又笨又令人反感的方法。

但林聿言还是羡慕了。

最起码那样一个粗鲁，看起来又没什么文化的父亲，会支持孩子的爱好，会跟孩子一起努力，哪怕努力的方向是错误的，但感情方面，他跟孩子是站在同一边的。

顾耀扬把车钥匙勾在手指上，晃晃悠悠的，难得温声说："变聪明了？"

林聿言听他这么说，立刻竖起耳朵。

顾耀扬说："我昨天完全没看出他们是在演戏。"

林聿言惊讶："你昨天也在？"

顾耀扬胡诌："下班路过。"

"骗人，你公司那么远怎么可能会路过？"林聿言又晃着脑袋得意地说，"不过徐老师也没发现，还以为是真的。"

"所以还是你变聪明了。"

"哪里哪里。"林聿言假惺惺地谦虚起来，"都是因为认识一只狡猾的大狐狸，每天要跟他斗智斗勇，才小有成就。"

顾耀扬笑了，明知故问："大狐狸是谁？"

林聿言低落的心情一扫而空，眼睛弯弯地说："是你呀。"

两人上楼拿了点东西，又顺带捎着胡冬冬，打算把他送回家。胡奶奶越发年迈了，但身体还算硬朗，换的新房子距离公园比较近，每天还会去遛遛弯锻炼身体。

顾耀扬回来那年给她找了个保姆负责起居，但老人家闲不住，隔三岔五还是坚持做点手工酱菜，让冬冬送过来。

林聿言平时不怎么用的背包里装了五六瓶，拎着很沉。

顾耀扬看不下去，抬手接了过来，套在胡冬冬的脖子上。如果放在平时，胡冬冬肯定要咋咋呼呼地抱怨几句，谁想今天格外老实，快走到门口的时候，还一直捂着半边脸躲在顾耀扬身边。

顾耀扬瞥他："干什么呢？"

胡冬冬紧张："没……没事啊。"又叫了一声林聿言，指着门口说："那个人怎么还没走啊？"

林聿言顺着手指看了过去，果然看见汪琦坐在画室门口的台阶上。林聿言让顾耀扬先等等，走了过去。

顾耀扬点头，转过身上下打量着贼眉鼠眼的胡冬冬："一个学校的？"

胡冬冬囫囵应了一声，不敢直视顾耀扬的眼睛，也不知是做了什么亏心事，怕那位同校同学给他拆穿了。

风铃声"叮叮当当"地响了又停，汪琦听到脚步声刚想回头，发现林聿言已经在他身边坐下了。

"你和你父亲，为什么要那样做？"林聿言向来直接，想不通就直接问了。

汪琦似乎也猜到被发现了，咬着嘴想了想，才说："对不起，都是我的错。"

汪琦家里没钱，父亲是个没什么文化的搬运工，只能靠卖苦力勉强供儿子上学。

因为儿子从小喜欢画画，妻子还在的时候，两人就一直努力攒钱想让儿子去考艺术学校。但天有不测风云，妻子得了重病，花光了家里所有的积蓄，还欠了不少钱，最后还是走了。

汪父看似粗野，其实是个倔脾气，再苦再累都不能苦了老婆孩子的那种人，眼看汪琦快高二了，还没有认真地学过画画，就想给他报个美术班，但是学费真的很贵，家里还有不少债务没还。

碰巧那天，汪父上班的工厂里传出了一个事情，说他们组的一个酒鬼整天家暴孩子，被批评教育之后拘留了十五天，孩子得到很多人的关心，送钱送礼，还有打算资助他上学的。

"然后我爸，就想试试这个办法，但他没想到老师您这么厉害，昨晚我爸吓得都没敢睡觉，生怕玲姐找上门去。"

林聿言听完神情复杂，怎么都没想到，第一次当街吵架，对手也跟自己一样尿。

"那你，没有阻拦他吗？"

汪琦沉默了一会儿，老实地说："我其实也带着侥幸的心理，希望能有人可怜可怜我，帮我一下就好了。"

林聿言笑着说："你还挺诚实的。"

汪琦摇了摇头："是我欺骗了您。"

林聿言没跟他计较这个，想了想说："同情心或许每个人都有，比如你刚刚说了你真实的遭遇，我一样觉得你很可怜。但我可能不会去帮你，因为我觉得，与其依靠别人的同情心活下去，不如摆脱当前的困境，完全靠自己的努力活下去。

林聿言停顿几秒，又说："你如果想学画画也可以。没有钱也行，那你有什么可以跟我交换的吗？"说着，又故意指了指玻璃门上张贴的招聘广告。

汪琦扭头看了看，立刻站了起来："我……我可以过来打扫卫生吗？"

林聿言连连点头，笑着说："可以。"

送走汪琦，又把神情古怪的胡冬冬送回家，顾耀扬才转着方向盘跟林聿言往回走。

林聿言心情不错，一路上都哼着歌，顾耀扬淡淡地瞥了一眼，手指在方向盘上敲了敲。

夕阳透过车窗照进来。

"你很高兴？"顾耀扬突然开口，打断了林聿言没在调上的歌。

"是呀。"林聿言说，"我没想到那个孩子会主动承认错误，其实我还挺想教他的。"

顾耀扬问："为什么？他有什么特别的？"

林聿言想了想："好像也没有，大概跟我小时候有点像？想学画画，还有点胆怯？"

顾耀扬说："他可没有胆怯，在你面前一直非常平静，明显是知道了昨天的办法行不通，换了一种新的方式。"

林聿言觉得他的语气有些奇怪，扭过头问："这不是很正常吗？"

"正常？"

"对啊，如果是我的话，第一个办法行不通，肯定会用想第二种方法啊。"

"所以你觉得他很有道理？"

林聿言说："没有道理吗？他的目的就是想要学习画画。而且我之前就想帮他，他能够用正确的方式找我，我觉得十分高兴。"

顾耀扬等林聿言说完，又把问题绕了回来："那你为什么要帮他？他有什么特别的？"

林聿言奇怪道："你今天怎么了？帮他是因为他想要学画画……"

"街上那么多人想学，你怎么偏偏帮他？我也想学，怎么没见你帮帮我？"

"哈？"林聿言惊了，"你画得比我好，我怎么帮你？教你怎么把小鹿犬画成荷兰猪？"

顾耀扬嘴角绷着，表情未变："这不是重点。"

"那什么是重点？"

"重点是你刚刚说的那些话，做的那件事，很有可能在一个刚刚进入青春期的孩子心里，留下不可抹去的深刻印象。"

"那不是很好吗？"林聿言说，"我现在好歹也是个老师，不应该教他一些简单的道理吗？"

顾耀扬挑眉，随手拿了一颗水果糖放在嘴里，淡淡地说："不应该。"

凌晨三点。

画室二楼的教师宿舍。

许泽睡得正香，被一连串的电话铃声吵醒了，迷迷糊糊看了一眼来电，接通了问："大半夜干吗啊？"

电话是林聿言打来的，什么话都没说，先吸了吸鼻子。

许泽察觉不对，坐起来关切地问："怎么了？"

林聿言声音有点闷，难过地说："我跟顾耀扬吵架了。"

"吵架？"这倒有些稀奇，怎么会吵架？

于是许泽问："为什么？"

林聿言说："他有病。"

林聿言怎么都没想到，自己和顾耀扬会因为一件微不足道的小事情，冷战三天。

以林聿言对顾耀扬的了解，他根本不会为了这种正经的事情乱发脾气。

就好像是突然找碴儿，故意找事。

林聿言试图跟他和解，谁想顾耀扬根本不接受。

林聿言也生气了，今天干脆没有回住处，跟许泽待在教师宿舍，委屈巴巴地说："我觉得顾耀扬就是故意要跟我吵架，汪琦完全就是个借口。"

顾耀扬今天没有找自己。

林聿言本想主动打电话，但又觉得这次是顾耀扬的问题，不可以首先低头。第二天，他趴在一楼大厅的长桌上唉声叹气，呆呆地看着外面。

汪琦已经过来上课了，他似乎跟胡冬冬认识，见到冬冬过来玩，主动跟他打了声招呼。

没想到，冬冬拉着汪琦迅速跑到了一边，偷偷摸摸地不知说着什么。如果放在平时，林聿言肯定会好奇地跑去旁听，但今天实在提不起兴致，看了眼手机，又叹了口气。

林聿言正难过着，门外突然走进来两个人，一个又高又壮，还有一个黑皮粉毛。

"孟……孟虎？查理？"

"嘿！小言！"

"你们怎么来了？"林聿言震惊地站起来，自从他们回国之后，已经很久没见过那群俱乐部的选手了。孟虎如今是相当厉害的格斗明星，查理和他的女朋友也改了好听的中文名字。

"G呢？"孟虎说。

林聿言说："他……他不在这里……"

"哎？他不是说今天是唔唔唔？"孟虎话没说完，就被查理捂住了嘴。

"抱歉林，我们走错了，你先忙，下次再见。"查理说着，把孟虎拖出了门外，半路竟然遇到了奥捷，也不知道他们三个是怎么认识的，挤在一起翻出手机，似乎在研究地图，随后拦了一辆出租车，一起消失了。

林聿言站在门口疑惑地看了一会儿，转过头，发现胡冬冬也站了起来，拽着汪琦一副哥俩好的样子，说："聿言哥，我带着他出去一下，马上回来。"

这会儿没课，也不用汪琦全天候地打扫卫生，林聿言点了点头说："好的。"

他刚打算关上门，回去继续趴着，竟然又看到一辆红色的跑车停在了路边，玲姐从车上下来，拿着电话说："不在画室？那在什么地方？我已经带着曾老过来了啊！"

林聿言明显看到副驾驶戳出来一根拐杖，刚想跑出去迎接，却发现拐杖"嗖"地一下缩了回去，玲姐甩上车门，带着连面都没露出来的曾先生拐上主干道，瞬间无影无踪了。

奇怪……

林聿言怔怔地站在原地，不知道发生了什么。他翻出手机，想给顾耀扬打个电话，虽然两个人还在冷战，但突然碰到了这么多熟人，还是想要说一声。

顾耀扬却抢先了一步，给林聿言打过来。

林聿言没来由地紧张，一时间不知该用哪种语气面对他。

顾耀扬直接做了选择，非常冷淡地说了一个地址，说有事谈谈。

约定的地点是个葡萄酒庄，林聿言猜想会不会是顾耀扬故意的。

　　但林聿言又有些担心，毕竟他们前几天一直都在冷战，而且顾耀扬刚刚声音也低沉得可怕。

　　林聿言慌了，一直让自己保持冷静。

　　直到他下了车，见到葡萄酒庄门口的装饰和站着的第一个人，就再也冷静不了了。

　　门口的那人抱着一束鲜花，正是很多年不见的徐静兰，轻声对林聿言叫了声："言言。"

　　林聿言的眼泪瞬间就下来了，这到底是怎么回事啊。

　　林聿言根本来不及跟多年未见的母亲说什么，就看到草坪上精心布置的宴会现场，刚刚走错门的人全都坐在椅子上扭头看过来，连断了双腿的周叔都来了，竟然还有卓航和他好不容易追到手的学姐，带着一脸不可思议，跟着所有人鼓掌。

　　顾耀扬打扮得异常英俊，结果林聿言就穿了一件沾着油彩的休闲 T 恤，因为摸不清楚顾耀扬的计划，紧张得连围裙都没来得及摘。

　　许泽也来了，还带着画室所有老师。

　　怪不得今天他让林聿言代了四节课，都快要累死了。

　　林聿言心里委屈，走到顾耀扬跟前，撇着嘴。

　　欺负过头了？顾耀扬挂着一脸坏笑，哄了哄："对不起，我只是想给你个惊喜，庆祝你举办了个人画展。"

　　林聿言委屈："你这是给我惊喜吗？你跟我冷战的时候，我都快难过死了。"

　　顾耀扬眼神中都是歉意："对不起，我知道错了。"

"你根本不知道。"林聿言哽咽地说，"你怎么还这么坏啊？"林聿言气得不行，当着所有亲朋好友，完全不顾形象。

　　"因为你现在变聪明了啊。如果我不用这种方式，你一定会猜到我想送给你的惊喜。抱歉，我认错，这是最后一次，以后绝对不会再逗你了。"

　　可无论顾耀扬怎么道歉，林聿言都很生气。

　　顾耀扬难得找不到办法，只好装可怜："原谅我吧，我知道你想念家人，于是提前联络了你的母亲，又把所有我们共同的朋友都找了回来，忙了整整三天，才亲手布置了这个宴会现场。你看，手都刮破了……"

　　顾耀扬左手上果然裹着一块创可贴，林聿言一边生气一边嘀咕："为什么不小心一点？"

　　"因为三天时间很赶，又要联系这么多人，可我想让你开心，想让我们在乎的人看到，我们都过得很好。这些年，我们一起成长，也成就彼此，并肩去看更大的世界。"顾耀扬说，"我原本早已认定自己如烂泥一般，从没想过有一天，能和你这样的人站在一起，去面对这个世界未知的一切。"

　　"你还说！"林聿言红着眼睛打断他，抻着满是油彩的围裙哭得更惨了，"这样隆重的宴会，我都不配穿一件漂亮点的衣服吗？"

【全文完】

番　外
汪琦和胡冬冬

"汪琦！走不走？"

"你先走吧，我稍微等一会儿。"

"那行，你也早点回家，周末一起去林老师那里上课。"

"好。"

下午五点半，高二（3）班的教室里只剩下汪琦一个人，他站在桌前整理书包，等孙宇走后，摸出了一个包装精美的小盒子。

盒子里装着一份谢礼，两个月前就买了，一直没有送出去。

汪琦穿着蓝白相间的校服来到教室的窗户旁边，看到楼下的篮球场围着一群兴高采烈的同学。

胡冬带着他们班的几个篮球主力跟 6 班的篮球队员打球，已经打了半个小时了，六点左右应该可以结束。

　　汪琦拿着谢礼背上书包，一路忐忑地来到篮球场附近。

　　他没敢靠近，除了同班的孙宇跟他从小认识，他从来没有跟班上的其他同学有过多的交流。

　　三个月前，他在放学回家的路上遇到了三五个劫道的小混混，本以为在劫难逃，却没想被身手利落的胡冬救了下来。

　　在此之前汪琦对于胡冬的印象仅限于个子很高，坐在教室的最后一排，有一群追捧他的同学。

　　孙宇时常跟他说远离胡冬，他是校篮球队的，篮球队的那群体育生戾气很重，动辄打架斗殴，不是好人。

　　汪琦觉得孙宇这话有些以偏概全，但篮球队那些高高大大的同龄人站在一起，确实会让瘦瘦小小的他有些压迫感，可胡冬救了他，无论如何他都要买一份谢礼，郑重其事地谢谢人家。

　　"啊啊啊——"

　　"啊啊，冬哥的篮板球！"

　　"冬哥太帅了！下个月跟一中的友谊赛稳赢！"

　　"结束了结束了，冬哥喝水！"

　　胡冬穿着一身白色球衣，在众人的簇拥下拧开了一瓶矿泉水，他上了高中之后，身体就像储存了无数养分的小树苗一样突然拔了起来，如今将近一米八，比林聿言还要高出一点点。由于受到顾耀扬的影响，胡冬从小喜欢格斗，虽然技术水平不到专业级别，但是每次撒娇耍赖求着顾耀扬教他那两招，也足够他"行侠仗义"了。

想到行侠仗义这件事情，胡冬皱了皱眉，拧上矿泉水瓶四处看了看，果不其然，看到了站在不远处的汪琦！

完了完了。

胡冬赶紧把头转了回来，接过同学递来的毛巾擦了擦汗，背对着汪琦走了。

汪琦拿着谢礼看着胡冬被众人簇拥离去的背影怔了半晌，直到太阳落山，篮球场换了一批人，才背着书包离开学校。

也不知是不是他的错觉，胡冬似乎一直在刻意地躲着他。

第二天，周六。

汪琦一早起床，帮着出门上班的父亲准备好早饭，背着一块老旧的画板来到林聿言的画室上课。

由于每次上完课都要留在画室打扫卫生，汪琦偶尔也会跟林聿言聊聊天，帮他裱一些学生作品挂在画室的墙壁上。

今天刚好有一批新的作品要裱，汪琦打扫完所有教室的卫生，来到一楼大厅的长桌前，跟着林聿言一起整理学生的画作。

林聿言看出汪琦有心事，上前主动问道："怎么了？唉声叹气的？"

汪琦手上的动作顿了一下，犹豫半晌说："林老师，我可以问你一个关于课堂之外的问题吗？"

林聿言眨了眨眼，兴奋地说："当然可以。"

汪琦说："如果想要对一个人表达谢意，但总是找不到合适的机会要怎么办？"

林聿言放下手中的作品，问道："为什么会找不到机会？"

汪琦说："因为我们不是很熟，虽然在一个班上，但每次课间，他身边总会围着一群说说笑笑的朋友，我没有办法过去打断他们，所以一直没有机会跟他郑重地说一声谢谢。"

林聿言上学的时候要比汪琦开朗许多，不能完全理解汪琦内心的某些想法，只能试着站在他的角度帮他想办法，毕竟他的性格多少有些内向，太过直白的表达方式或许不太适合他。

"或许你可以先试着把他约出来？感谢的话也不一定是教室里说。"

"我们在校外碰到过，但他似乎不太想跟我说话……"

汪琦话音未落，画室门口的风铃"丁零零"地响了起来。

顾耀扬穿着一身黑色运动衣，身后拖着穿着同款运动衣的胡冬冬。

汪琦来画室的第一天就发现了这个秘密，在学校里高高帅帅的胡冬，其实还有一个特别可爱的名字，叫胡冬冬。

"耀扬哥！你教教我吧，求你了求你了。"

"放手。"

"我不放，你今天如果不教我那个勾拳，我就抱着你的腿不走了！"

"威胁我？"顾耀扬站在画室大厅停下脚步，刚准备看看胡冬冬准备怎么撒泼打滚，一转眼，小孩已经松开他的胳膊站得笔直。

"怎么？不学了？"顾耀扬挑了挑眉。

胡东东瞥了一眼大厅的长桌，一本正经地咳嗽了两声，挺酷地说："学不学都行。"

"确定？"

"确……确……"胡冬冬偷偷撇了撇嘴，"确定。"

顾耀扬顺着他方才的目光看了一眼林聿言，又看了一眼林聿言对面的汪琦，似乎明白了什么。

"过去帮忙裱画。"

"啊？"胡冬冬想跑，"我还有作业没写。"

顾耀扬拽着他的领子把他拉到桌前："下午再写。"

胡冬冬的到来使得原本十分轻松的气氛变得有些微妙，汪琦时不时抬头，一副欲言又止的样子，见他埋头裱画，也跟着低下头，不再出声。

林聿言一早就觉得这两个孩子可能认识，毕竟两人同校同年级，刚想问问是不是同一个班的，就见顾耀扬给他使了一个上楼的眼色。

林聿言悄声点了点头，跟着顾耀扬一起轻手轻脚地上了楼梯，而后在一楼的拐角处并排坐下，偷偷看着两个少年。

"我好像知道汪琦想要感谢的那个人是谁了。"

"嗯？"

林聿言对顾耀扬重述了一遍汪琦今天求助他的问题。

"怪不得他每次见到冬冬都想要上前打招呼。"

"那冬冬为什么不怎么理他？"顾耀扬摸出一支棒棒糖放在嘴里，顺便递给林聿言一支。

林聿言轻轻剥开糖纸，垂着眼睛看着一脸别扭的胡冬冬，笑着说："因为冬冬长大了，对着你我撒娇要赖这种丢脸的事情，肯定不愿意被同学看到。"

长桌上面的作品还剩下最后两张就全部裱完了，汪琦考虑了许久，终于鼓起勇气跑到前台，把书包里面的礼物拿了出来。

"上次的事情谢谢你。"他回到桌前，坐在胡冬冬对面，把包装精致的小盒子推了过去。

胡冬冬一怔，看着那个小盒子眨了眨眼："这是什么？"

汪琦说："是送给你的谢礼，感谢你上次在路上帮了我。"

胡冬冬一时之间没想起来汪琦说的是哪件事，半晌才恍然大悟："没什么，就顺手的事情，那天你没受伤吧？"

汪琦摇头："他们刚要抢我书包的时候，你就出现了，所以我很感谢你。"

胡冬冬大咧咧笑道："没事，都是同学，不用那么客气。"

汪琦坚定道："谢还是要谢的，或许对你来说是一件小事，但是对我来说却是很重要的事情。如果不是你出手帮忙，我爸爸让我去存的五千块钱可能就要被抢走了。"

胡冬冬没想到自己顺手帮的一个小忙，对汪琦来讲却有这么大的意义，不好意思地摸了摸鼻子，拆开那个小盒子问："这是什么？"

汪琦说："只是一份小礼物，我听说你在和顾先生学习格斗，所以买了一条运动绷带送给你，希望你不要嫌弃。"

胡冬冬一下子来了精神，拆盒子的速度更快了些："什么嫌弃不嫌弃的，我正好缺一条运动绷带！红色的！哈哈，我最喜欢红色！"说完又赶紧板住脸："谢谢。"

汪琦见他收下，终于松了一口，又低下头说："我最近是不是给你造成了一些困扰？"

胡冬冬说："什么困扰？"

"我也不清楚。"汪琦斟酌道，"但我总觉得，你在刻意躲着我，是我做了什么让你讨厌的事情吗？"

胡冬冬本不想说，见汪琦垂着眼睛可怜兮兮的样子，又尴尬道："不是因为你。"

汪琦："那是？"

胡冬冬把头扭到一边："主要是因为我在学校和在家里不太一样，突然被你发现有点不好意思。"

汪琦迟疑了两秒："因为你在家里叫胡冬冬？"

"叫我胡冬！"胡冬冬立刻纠正，而后红着脸说，"只有小时候才叫胡冬冬。"

汪琦说："只有这个原因吗？"

"嗯。"

"所以并不是因为讨厌我，才躲着我吗？"

"当然不是，你学习那么好，画画也那么好，我为什么要讨厌你。"

汪琦心里高兴，蜷着手指紧张地说："那我……那我可以跟你做朋友吗？"

胡冬冬考虑了两秒，道："当然可以，但是我有一个条件。"

"什么条件？"

"你不可以在学校叫我胡冬冬！"